为什么我们还在纠结

刘克升 著

西苑出版社
XIYUAN PUBLISHING HOUSE
北京

图书在版编目（CIP）数据

为什么我们还在纠结 / 刘克升著 .—北京：西苑出版社，2014.2

ISBN 978-7-5151-0421-8

Ⅰ . ①为… Ⅱ . ①刘… Ⅲ . ①小说集 - 中国 - 当代 Ⅳ . ① I247.7

中国版本图书馆 CIP 数据核字（2014）第 018808 号

为什么我们还在纠结

作　　者 刘克升
责任编辑 张照富
出版发行 西苑出版社
通讯地址 北京市朝阳区和平街11区37号楼
邮政编码 100013
电　　话 010-88637122
传　　真 010-88637120
网　　址 www.xiyuanpublishinghouse.com
印　　刷 北京市通州鑫欣印刷厂
经　　销 全国新华书店
开　　本 880mm × 1230mm 1/32
字　　数 134千字
印　　张 7
版　　次 2014年3月第1版
印　　次 2014年3月第1次印刷
书　　号 ISBN 978-7-5151-0421-8
定　　价 29.80元

写在前边

有朋友问我，你写作的主题怎么离不开纠结？

的确，从先前出版的《为什么我们依然纠结》，到这本《为什么我们还在纠结》，纠结的情结一脉相承，在文字中延续着，发展着，未有间断。这是否说明是我本身的缘故，因我而导致纠结的产生和存在？

答案是否定的——并非我酷爱纠结，也没有人喜欢过纠结的生活。

但是，尽管我们不喜欢过纠结的生活，却不得不在纠结中生活。就像没有人天生喜欢过操劳的生活，却不得不在操劳中生活。

这是不是说明这样一种现象：纠结是客观存在于现实生活中的。生活离不开纠结，纠结也离不开生活。它就是生活的一部分。你无法把它从生活中剥离出去。

也就是说，无生活不纠结，无纠结不生活。没有纠结的生活是不存在的。当我们努力解开了一种纠结，就会欢欣一下，进步一下，然后另一种纠结又来了，等着我们再次解开，再次欢欣，再次进步。如此循环往复，螺旋上升，层层累加，我们的人生得以提升，渐次跃上新的台阶。

不纠结的人生不完满。纠结的人生更有滋味。愿以此与诸君共勉。

2013年8月20日

目录 CONTENTS

第一辑 倒立的电影

倒立的电影……1

从1数到10……4

纹身……7

网上墓地……10

真的有鬼……13

想不到的事……16

送不出去的红包……18

性病明星……21

送你五千万……25

大鸡蛋小鸡蛋……29

第二辑 再上两盆鸡

再上两盆鸡……33

大柱坐电梯……35

我知道你是干什么的……37

俺认得你……41

蚊子掐架……44

露露脸……46

心理测验……49

压压惊……52

传世佳作……55

张三算卦……57

盗版书……60

周密布防……63

第三辑 招聘失败者

招聘失败者……69

孔乙己招聘……73

诚聘庸才……77

授人以欲……79

谎花也美丽……82

甩不掉的包袱……85

玻璃天花板……88

最佳辩手……91

两袋牛奶……95

第四辑 弱种子也要发芽

弱种子也要发芽……99
是谁欠我煤球钱……102
我儿回来了…… 105
最美的明星……108
开一窗阳光……111
新邻居……114
李二大爷……116
给我个机会好吗……119
报恩……124
母爱总会赢……128
爱心向前看……131

第五辑 脂油里的爱情

脂油里的爱情……135
情人种……138
磨刀匠……141
轮椅上的女友……145
QQ里的女友……150
隐婚调查……154
缺口……157

双城爱......160
外遇那些事......163
你是在等我吗......166

第六辑 卖草莓的小女孩

卖草莓的小女孩......169
老海的邮箱......172
黄瓜的哲学......175
杨记香肠......178
穿越千年......181
寻虎......184
保安和小鸟......188
慢一些退化......191
禅师和顽童......195
快乐的真谛......200
大鱼和小鱼......202

附 录

刘克升微型小说印象：都市基层的代言者......205
本书经典语录......211

第一辑　倒立的电影

倒立的电影

阿华到一个偏远的山村小学任语文教师。

那里生活枯燥，他在宿舍里装了台二手电脑，开通了上网功能，从网上下载了几部电影，播放后却发现电影图像都是倒立的。

阿华想，总会有个旋转按钮，可以把图像旋转到正常画面吧？

谁知找了半天也没有找到旋转按钮。阿华索性把电脑显示器倒了过来。哈，这下好了，图像不再倒立了！

虽说可以看电影了，电脑上的网站却随着倒立过来，上网干其他事情又不方便了。阿华只好把电脑显示器又正了过来。接着，他脱掉鞋子爬上床，把双手撑在床面，两脚搭在墙壁，脸部面向电脑显示器，整个人倒立了起来。嗯，这招不错，又可以看电影了。

倒立了一会儿，阿华感到手掌隐隐作痛。

他想起最近小学接受社会捐赠，退下了一架旧双杠。

于是，他找到老校长，吞吞吐吐地说，想把那架旧双杠弄到宿舍里，闲着没事的时候练练手脚。老校长乐得送个人情，找几个学生帮忙，把旧双杠抬到了阿华宿舍。

阿华把宿舍门关上，打开电脑播放电影后，快步来到双杠跟前，两脚勾在上面，来了个倒挂金钟。呵呵，这样看电影真够刺激！

当天晚上，阿华在 QQ 里和好友聊天，把自己看电影的事情告诉了好友。好友惊讶地说："晕！电影图像是倒立的，从网站上下载一个万能播放软件就 OK 了，用得着瞎折腾吗？"

阿华尴尬地咧了咧嘴，赶紧找到好友所说的那家网站，下载了一个万能播放软件。再一播放电影，可不咋的，图像再也不倒立了！

阿华舒舒服服地看了大半夜电影。

第二天一早，老校长找上门来了，拍着阿华的肩膀一个劲地说："小伙子，人才啊，真是人才啊！"

阿华疑惑地望着老校长。

老校长乐呵呵地说道："我这人直来直去，不怕你见怪。你刚到这里支教，我怕你思想不稳定，偷偷观察你好几天了。结果，发现你不但语文功课教得好，而且还特别喜欢体育运动，经常躲在宿舍里，练倒立或者倒挂。不瞒你说，咱们学校正好缺个教体育的，我想发挥你的特长，让你兼任体育教师……”

闪评：人生像书法家写字，又像作家写文章，常常会有神来之笔。那些寂寞中的自娱，以及自娱中的小得意，往往会生发意想不到的走向，或者偏离常规的结局，让我们的生活充满喜剧色彩。

从1数到10

食品公司的保安胡龙仗着自己是公安局局长的小舅子，十分嚣张，从来没有把大伙放在眼里。办公室王主任也经常被他呛得一愣一愣的。有时候，就是公司经理也得让他三分。

这天，公司里新来的采购员刘小流正在发放运动服。胡龙斜了斜肩膀，横冲直撞地挤进来，冲刘小流喊道："发运动服了？给我一套！"胡龙一边说着，一边伸手去拿。刘小流伸手一挡，微笑着解释说："这次的运动服，只发给报名参加登山比赛的同志！我看过参赛人员名单了，里面没有你的名字……"

胡龙可不管这些，胡搅蛮缠地说："凭什么没有我的呀？不发给我，我看你敢发给谁！"

大伙都知道胡龙的为人，这小子蛮不讲理，什么事情都能做得出来。唉！多一事不如少一事！大家纷纷劝说刘小流："不如先发给胡龙一套运动服，等办公室王主任回来跟他说一声就行了。"也有好心人悄悄地把胡龙的背景告诉了刘小流。

在众人的劝说下，刘小流犹豫起来。胡龙一看刘小流软弱可欺的样子，更来了劲，猛的俯下身去，把纸箱里的运动服都扔了出来，狂叫着说："我让你不发给我！我让你不发给我……"

刘小流哪受过如此欺负？心中的怒火被激了起来，他指着胡龙的鼻子说："你……你……你都给我收拾起来！"胡龙冷笑着，弯腰抄起一把椅子。刘小流看胡龙要动家伙，"哧溜"一下窜出门，溜进了隔壁的会客室。胡龙正要追过去，刘小流一闪身，又从会客室里窜了出来，只不过手中多了一样东西：一把寒光闪闪的西瓜刀！

在众人惊恐的目光中，刘小流一个箭步窜到胡龙跟前，高举着西瓜刀，厉声喝道："我从1数到10……"

胡龙一愣神的工夫，刘小流已经开始数数了："1、2、3……"

胡龙的痞性都是大家惯出来的，碰到刘小流这样的硬茬，对他来说还是第一次。当刘小流喊到"9"的时候，胡龙内心忽的涌起一股莫名的恐慌，手腕一软，手中的椅子"咣当"一声掉在地上。在众人的讥笑声中，胡龙撒腿向楼下跑去。说来也怪，等胡龙的背影一消失，刘小流手中的西瓜刀"当啷"一声也掉到了地上。刘小流像放了气的皮球一般，一屁股坐下了。

事后，大家议论纷纷。有人说活该胡龙倒霉，遇上了刘小流这个愣头青！也有人开始打听刘小流的背景，甚至有人猜测：刘小流的后台肯定要比胡龙硬，估计至少是个副市长什么的！

王主任从外地回来后，听说了刘小流吓跑胡龙的英雄壮举，连喊痛快，专门把刘小流约到了烤鸡店。几杯啤酒下肚，王主任问刘小流："如果你数到了 10，胡龙还不跑，你真的会挥着刀子捅过去吗？"

刘小流喷着酒气，"嘿嘿"一笑说："您想到哪里去了？您可能不知道，我是个脾气相当急躁的人，好不容易在咱们公司找了个采购员的工作。为了保证这份工作不再因我的冲动而丢掉，我娘一再告诫我，遇事一定要冷静，万不得已的时候就从 1 数到 10，在数数的过程中情绪会得到有效的控制，就能够防止一时糊涂，做出傻事来……"

"噢！原来是这么回事！看来，你吓跑了胡龙是歪打正着啊！"王主任恍然大悟，然后语气一转，意味深长地问刘小流，"如果数到 10，你的情绪还得不到有效的控制呢？"

"我娘说了，实在不行就数到 100！"刘小流哈哈大笑着说。

闪评：被情绪控制，不如主动去控制情绪。控制他人的情绪，不如先控制自己的情绪。当与他人发生矛盾、产生纠结时，我们不妨也试着从 1 数到 10，给情绪一个缓冲的机会。

纹身

大海在同村伙伴栓柱的引荐下，到南方一家制茶厂打工。

这天，大海正在车间里包装茶叶，门外响起刺耳的摩托车声，转眼间，进来了一胖一瘦、敞着上衣的两个小痞子。他们二话不说，拎起几盒名贵茶叶，就向随身带来的编织袋里塞。大海忙上前阻拦。胖痞子抬手甩了大海一巴掌。大海被打懵了，鼻血从鼻孔里爬了出来。

栓柱赶紧挡在大海前面，掏出一张百元纸币，递给胖痞子，讨好着说："大哥请住手！我这小兄弟是新来的，不懂规矩，我替他赔不是了……"胖痞子哼了一声，接过百元纸币，揣进兜里，向瘦痞子一挥手，两人一前一后向车间外走去。

胖痞子跨上摩托车，瘦痞子坐在胖痞子后面。在摩托车发动的瞬间，瘦痞子两手拽住上衣的两个衣襟，胳臂向后一甩，衣襟向身后卷去。半个脊背顿时裸露出来，上面刺着一条醒目、骇人的青龙。

等胖痞子和瘦痞子离去，栓柱叹了口气，对大海说："看，他们背上有青龙哩，谁敢惹？"

听了栓柱的话，大海一阵后怕，这伙人什么坏事都能干得出来啊！怎样才能避免他们的骚扰呢？大海一夜没睡好。最后，他想出一个主意。趁着休班的工夫，他偷偷跑到路边的小店，在后背上纹了一条青龙。虽说有些疼痛，大海还是暗暗得意：我背上有青龙了，我也是坏人了，坏人不会欺负我了！

大海怕大家知道了笑话自己，就尽量遮掩后背上的青龙，冲凉也不当着大家的面冲了。他暗地里盼望着，那两个小痞子再来这里，好展示自己后背上的威风。夜里，他梦到两个小痞子看到了自己的纹身，和自己称兄道弟起来。大海梦里笑出了声，高兴得连被单都蹬掉了。

一天，刺耳的摩托车声又响起来，胖痞子和瘦痞子又来了！胖痞子进门就站到一位倒霉的工友面前，伸手向他要钱。恰好这位工友刚把工资寄回老家给老娘治病，两手空空，身无分文。胖痞子缓缓抬起了手，眼看这位工友就要遭受凌辱！大海眼睛发花，好像看到两条带血的蚯蚓，将要从这位工友的鼻孔里爬出来。

懵懂中，大海突然站了出来，插到胖痞子和工友之间，大喊了一声："住手！"大海一边喊着，一边解开了上衣的纽扣。他拽住两个衣襟，模仿那天瘦痞子的动作，用力向后甩去，试图把自己后背上的青龙展示出来。可没想到，大海一紧张，出了一身热汗，衣服牢牢地粘在身体上，衣襟怎么也甩不起来，当然也无法露出后背上的青龙了！胖痞子和瘦痞子以为大海要带头反抗，哪容得他继续下去？他们乱拳挥动，向大海打来。慌乱中，大海急忙喊道：

“我……我也有纹身，都是自己人，不要动手！”嘈杂的喧闹声袭来，立刻把这微不足道的声音淹没了。大海一阵眩晕，向地上倒去。

不知什么时候，大海醒过来，发现自己正躺在宿舍里，工友们围在他身边，连制茶厂老板也来了。老板握着大海的手，激动地说：“小伙子，真是好样的！没想到关键时刻你能挺身而出，带领大伙把两个小痞子揍趴下了！”

大海这才知道，在自己倒下去的一刹那，栓柱大手一挥，高声喊道：“工友们，大海带头了，我们跟这两个小痞子拼了！”结果，大家齐心协力，把两个小痞子狠狠地揍了一顿，直揍得他们喊爹叫娘，发誓再也不来闹事。

望着大家敬佩的眼神与关切的神情，大海眼眶一热，热泪流了下来。紧接着，后背上的那条青龙，隐隐地刺疼起来。

闪评：迎合恶俗，不如创造潮流。虚饰外表，不如强大内心。心灵的觉醒，远胜于外在的繁文缛节。

网上墓地

这天刚刚上班，王主任急匆匆跑进胡经理的办公室，神色诡秘地附在胡经理耳边说："不好了，经理，有人在网上偷偷地给您建了一块墓地！"

胡经理正坐在老板椅上闭目养神，听了王主任的小报告，吃了一惊，急忙问："墓地在哪里？赶快找出来让我看看。"

王主任马上打开胡经理的电脑，找到一个名为"网上陵园"的网站。

胡经理一看，网站上果真有自己的一块墓地，只不过没有贴自己的照片，而是上传了一幅特别夸张的酷似自己形象的漫画。

王主任看着建墓人写给胡经理的悼词，念了起来："有的人活着，他已经死了；有的人死了，他还活着！……"

胡经理说："噢，还有点品位，引用了大诗人的名句。"

王主任说："依我看，这悼词好像在影射您还活着，实际上已经死了呢。"

胡经理冷笑着说："这两年我大权在握，推行铁腕治厂，把工人们管得规规矩矩，事业做得如日中天，不得罪两个人那才叫反常呢！”

王主任说着“那是，那是”，又拖动着鼠标，对胡经理说：“您看看，真滑稽！这里还有给您点烛上香的呢！”胡经理伸着脖子看了看，很多人都在网上祭奠了他。

化名“媚眼飞飞的二奶”的人向他献了一朵花，留言是：“轻轻的，您走了！您挥一挥手，甩下一叠钞票，带走了我的体香，留下了我无比的思念……亲爱的，还来吗？”

化名“不收脸发青”的人向他上了一炷香，留言是：“单位马上又要分房子了，今天特来给您敬上一柱香。这个世界真是奇妙，网上陵园反而让我和您离得更近了，如今送礼再也不用偷偷摸摸，真是方便极了。我会常来看您的。愿您在阴间保佑我！”

化名“屁股痒痒脸蛋红红”的人给他点了一支蜡烛，留言是：“和您在一起，您总是形象高大，我总是猥琐、低下。我一向是一吐为快的。啊啊……今天，我忍不住又吐了！真是太过瘾了，舒服极了，请您慢慢享用！”

看着那些网上祭奠的言辞，胡经理气得脸色发青。

王主任忙问：“您看我是不是该好好地查一下，看看这些人是什么来路？”

胡经理躺在老板椅上，闭目思索了一会儿，对王主任说：“你跟着我干了多年了，也不是外人。我看还是不查为好，无处可查呀。不过，我猜想，可能是公司里的几个死对头给我建的墓地。平时你多留意一下也是有必要的嘛！”

王主任点头哈腰地说：“那是，那是，经理的肚量就是大，眼光也总是高人一等，让人佩服！”

胡经理一边听着王主任的恭维，一边又仔细看了看自己的网上墓地，忽然恨恨地高声骂道：“他奶奶的，只给我建了个普通型的墓地！反正是可以公费报销的，为什么不建个豪华型的？哼，就让他们闹腾去吧，我看也是干不了什么大事的主！”

闪评：贪图权欲的人，本身就是一袭华美的袍子，里面爬满了咬人的虱子，其人却不知其痒。其人生观、价值观，亦如是。

真的有鬼

老李看中了郊区的一处楼盘。

售楼处王经理却告诉他：“这个楼盘的房子供不应求，只剩最顶层的一套了。”在王经理的游说下，老李买下了这套房子。

入住的第一天晚上，老李刚从公司回来，正准备冲凉水澡，房内突然一片漆黑。老李以前做过电工，赶紧冲出房门检查了一番，发现自己家的电源开关被人关掉了。

接连三天都发生了同样的事情。

第五天，老李临去公司前，找到王经理投诉说：“每天晚上十点多，我家的电源开关都会自动关掉，赶紧出门去看，楼道里连个人影都不见，也听不到脚步声。还有，我每天晚上从公司回来，在楼下明明看到邻居家里亮着灯，去敲门时怎么老没人开门？这幢楼里是不是有鬼呀？”

王经理哈哈一笑，拍了拍老李的肩膀：“你把心放到肚子里好了，这幢楼里没有鬼！就算有鬼，今天晚上我也要把它赶跑！”

这天晚上，老李家里果然没有停电。可老李心里还是打了个大大的问号，发誓要把这件事情弄清楚。

第六天晚上，老李刚回家，就把眼睛贴在了猫眼上。

不一会儿，门外来了一个小伙子，伸手要去关掉邻居家的电源开关。

老李拉开房门，大吼了一声："为什么要关掉我邻居家的电源开关？"

小伙子吓了一跳，随后镇静下来，笑嘻嘻地说："大哥，喊啥呀？这套房子还没卖出去，你哪来的邻居啊？"

老李愣住了："王经理不是说房子都卖出去了吗？"

小伙子哼了一声，扬了扬手中的纸条说："反正你已经住进来了，我也不怕你有别的想法了！实话告诉你吧，这些日子，我按王经理的吩咐，提前把一部分没有卖出去的房子内的电灯开关打开，然后每天晚上八点整准时把这部分房子的室外电源开关打开，晚上十点半再准时关掉。这样做的目的，就是为了凭借光亮效果，制造楼房热销、入住率高的假象，吸引老百姓来这里买房子。至于你这套房子嘛，因为卖给你后，王经理没有及时通知我把它从这份名单里划掉，所以多关了你几天的电源开关！"

老李不解地问："那你上楼的时候，怎么一点响声也没有啊？"

小伙子抬起一只脚冲老李晃了晃："瞧，鞋底上绑了厚厚的海绵哩！"

天终于亮了！老李下楼时遇到了王经理，忍不住说："不好了，王经理，咱们这幢楼里真的有鬼！"

王经理惊讶地后退了一步："鬼？在哪里啊？"

老李指了指王经理的胸口，意味深长地说："在你心里！"

闪评：精于算计的鬼，制造假象的鬼，花言巧语的鬼，虚与委蛇的鬼，自以为天衣无缝的鬼……这些时时刻刻妄图附身的鬼呀，总在找着自己的去处。不幸中招者，因为心里有鬼，所以很累。时常驱鬼，才能“无鬼一身轻”。

想不到的事

局里的安全专工姓胡，大家都喊他胡工。

这天，省行业报上刊登了一篇文章，专门介绍胡工抓安全管理的一些事迹，题目是：《想不到的事》。

文章里说，胡工抓安全管理好像铁面包公，谁的脸也不看，谁讲情也不准。某条线路施工时，一名姓靳的施工队员为了图省劲，没有走正门，直接从围栏绳下面钻进工地，结果被胡工逮了个正着。靳某不服气地冲着胡工说："想不到这么小的违章你也抓！"第二天刚上班，就有同事告诉靳某："你的名字上了局里的违章曝光栏了！"靳某感慨地说："抓住就罢了，想不到还上了曝光栏！"几天后，施工队的张队长把靳某喊过去，告诉他："你那次违章又被胡工在全局例会上给通报了！"靳某懊悔地说："也抓了，也曝光了，想不到又在全局通报了！有这么狠的安全专工，今后我说什么也不敢违章了！"

这篇文章是局办公室刘干事采写的。在文章的结尾处，刘干事还颇有感触地总结道：抓小违章、上曝光栏、全局例会通报，这真是想不到的事啊！

看完这篇文章，我捅了捅坐在自己身边的施工队员小靳，指着报纸问："小靳，施工队里只有你一个人姓靳，这个靳某是不是就是你呀？”小靳把报纸认真地看了一遍，哭笑不得地说：“这个刘干事，还真能编！我违过几次章不假，不过被胡工发现的那次不是钻围栏绳，而是没有戴安全帽啊！再说了，胡工当时是打算把我违章的事在全局曝光并通报，但我请张队长陪着他吃了一顿海鲜，曝光与通报这事也就大事化小、小事化无了！”

我将信将疑地问小靳：“刘干事果真采访过你吗？”小靳说：“一周前刘干事是找我聊过天，不过我都是照实说的呀，并且也不知道那次聊天就是采访啊！”我感慨极了：“文文静静的刘干事也能够颠倒黑白，而且把假的说得比真的还要真，这真是想不到的事啊！”

几分钟后，张队长拿着那期报纸过来了。他拍了拍小靳的肩膀，嘿嘿地笑着说：“靳某，不简单啊，上报纸了！”

中午回到局里时，我听见传达室的老张冲着小靳喊：“靳某，有你一封信！”

在食堂里吃完午饭后，我到陈师傅那里记账，顺便瞅了一眼记账簿，好家伙，陈师傅刚刚在上面记下了这样一行字：“4 月 10 日，午饭，靳某，菜一份，馒头两个……”

上了一回报纸，小靳就有了极其响亮的外号：靳某。这真是想不到的事啊！

闪评：想不到的事，是戏谑，也是幽默。其实，也不一定是完全想不到，只是我们把它看轻，把它忽略而已。如果它不是尴尬，是小惊喜，那该多么有趣！

送不出去的红包

我刚毕业的那年，被分到一家大公司，工作很卖力，赢得了同事们的广泛赞誉。王主任多次当着大家的面，拍着我的肩膀，对我赞不绝口："好好干，有前途！"

到了那年的年终，有一天刚上班，王主任笑容满面地进了我们办公室："儿媳妇昨天晚上给我生了个孙子，今天中午我在公司对面的豪华酒楼设宴，以示庆贺，请大家务必光临。"

大家纷纷抱拳，恭喜王主任喜得贵孙。

王主任笑逐颜开地说："同喜同喜！同时，在这里，我也要郑重地交代一下，大家只要前去喝酒就算是给足了我面子，可千万不要带什么贺礼呀！"

听了王主任的话，大家嘴里不住地说着好好好，各自散了。我独自在那里寻思着："这不是明摆着向大家要红包吗？"我们这里有个习俗，一个人如果有了孙子或孙女，就会升级为爷爷或奶奶，成功地高升了一级，升级后的爷爷、奶奶往往要举行升级宴，而在升级宴上大家一定要赠送红包以示贺喜。想到这里，我暗暗替王主任惋惜：就是不提贺礼的事，大家还会少了你的红包？平常那么精明的一个人，这次怎么出了这么一个败招？

惋惜归惋惜，我还是准备了一个大大的红包，放进两张崭新的百元大钞，并在红包上写下“恭贺成功升级，喜得贵孙”的贺词，随后又在后面写上自己的姓名。

下班后，大家纷纷赶到豪华酒楼，王主任携夫人早已恭候在那里。我还没来得及向外掏红包，就被大家裹挟着，一起来到喜宴大厅，随便找了个地方坐下来。

落座后，我一边嗑着瓜子，一边向四周打量了一下，这才发现公司经理与几位副经理也都来了。我捅了一下坐在我身边的阿勇，悄悄地问：“红包递出去了吗？”阿勇神秘地笑了笑，没有作答。

喜宴开始了。不过，令我感到奇怪的是，整个过程中，竟然没有发现有谁给王主任夫妇递红包的。我正在那里纳闷，王主任夫妇过来敬酒了。我趁着这个机会，掏出红包，向王主任递过去。没想到王主任把脸一下子沉了下来：“我不是说过不收贺礼的吗？”大庭广众之下，我红着脸把捏着红包的手缩了回来。

接下来，我记不清王主任夫妇敬的酒我到底是喝了还是没有喝，也说不清自己当时到底有多么窘迫了。只记得在王主任夫妇离开后，阿勇悄悄地捅了我一下，压低声音说：“刚才你问我，我还以为你早把红包递出去了呢。唉，你平时那么精明的一个人，今天怎么出了这么一个败招？公司的各位领导都在，众目睽睽之下，你让王主任怎么收你的红包？我们的红包，早在下班前就偷偷地在王主任的办公室里交给他了！看来，今年的先进恐怕没有你的份了……”

事后，阿勇的话果然变成了现实：那一年，公司的各项先进都没有我的份。我懊恼极了，解嘲般地对阿勇说：“哎，连一个小小的红包也送不出去，我简直是失败透顶。不过，话又说回来，谁让咱的思想不与时俱进，跟着升级呢？”

闪评：当单纯遇上世故，单纯往往成为世故的靶子。这全因世故的气场太大，单纯看不透世故，世故却一眼把单纯看穿。

性病明星

李龙的出名，是因为在一部电视剧中饰演了一个配角的配角。在这座小城，有机会饰演配角的配角的人，目前也就只有李龙一人了。因为这个原因，李龙率先成为小城最大的明星。

成为明星的李龙却再也没有接到任何的角色，哪怕是配角的配角的配角！可是李龙倒驴不倒架，时常唾液横飞地自我吹嘘说："到现在为止，我只接过一部电视剧，这部电视剧我认为是精品中的精品！我提倡一部电视剧主义，一个明星一辈子哪怕拍再多的电视剧，只要有一部算得上精品就足够了……"

面子虽然做足了，可是囊中却羞涩得很。

这天，李龙把所有的口袋翻了个底朝天，大大小小的毛票、硬币加在一起，还不到二十元钱。

李龙闷闷不乐地在大街上游荡起来。忽然间，他觉得后背被人拍了一下。他回头一看，一个年轻人擦着他的身边走过，迅速消失在熙熙攘攘的人群之中。李龙觉得蹊跷，脱下上衣一看，后背被人贴了一张小广告。李龙含糊不清地骂了一句，把小广告撕下来，正要扔掉，却眼睛一亮，死死盯住了小广告上面的内容："招聘广告代言人一名，付薪酬五千元，联系电话……"

五千元？钱虽然不多，可正好能解自己的燃眉之急啊！

李龙大喜，当即按照小广告上提供的电话号码打过去。接电话的是一个自称"胡导演"的男子，他听了李龙的自我介绍后，答应让李龙前去试镜。李龙按照胡导演提供的地址，七拐八转，最后在小胡同尽头的一个小院里找到了他。

李龙一见这胡导演，惊讶地问："您不是性病诊所的胡大夫吗？前两天我在电视上看过您做的专题广告，上面就有您的尊容。可现在，您怎么摇身一变成导演了呢？"

这胡导演也认识李龙，毫不避讳地对李龙说："我想自己拍个广告，顺带着过过导演瘾，你不会介意吧？"

李龙忙说："不介意！不介意！不过，您想拍什么形式的广告啊？"

胡导演递给李龙一个小药瓶说："这是我研制的新药性病康。下面，你先熟悉一下台词……"

李龙犹豫了一下说："做性病广告啊？我从来没得过性病这玩意，恐怕做不好吧？"

胡导演以为李龙嫌钱少，挠了挠头说："这样吧，因为你是小城的名人，我把片酬给你加到一万元……哦，对了，还有一件事，我现在是广告片的导演了，你得改口叫我胡导……"

李龙一听片酬又来了兴趣，忙问："胡导，台词都有哪些？"

胡导演把李龙拉到摄像机前，大大咧咧地说："台词很简单，只有一句话：‘治疗性病，我推荐性病康！’”

李龙想了想，觉得这个广告可以做，就跷着二郎腿坐到镜头前，右手举起性病康，稍微调整一下表情，露出一副非常满意的神态，庄重地说：“治疗性病，我推荐性病康！”

“OK！ OK！真是棒极了！试拍一次成功！”

胡导演兴高采烈地说，“没想到当导演这么简单！如果不出意外，明天，我的处女作就要在市电视台播出了……”

第二天，李龙主演的性病康广告在市电视台晚间黄金时段播出，李龙手举性病康的画面连续播放了三次。看着一闪而过的画面，连李龙自己都觉得有点怪怪的味道。但一张张地数着胡导演发给自己的片酬，李龙的内心也就变得坦然起来。他安慰自己说：“有付出才有收获嘛！”

半个多月后的一个上午，李龙刚从市医院出来，迎面与一个大胡子撞在一起。大胡子一看到李龙，马上跳起来，一把揪住李龙，指着他的鼻子气愤地说：“你这个做假广告的骗子！”李龙一惊，忙说：“您认错人了吧？我……我没做过假广告！”

“你不是做性病康广告的性病明星李龙吗？扒了皮我也认得你！我看了你做的广告，用了你推荐的性病康，病情反而加重了！”大胡子指了指自己的裆部，咬牙切齿地说，“现在我这里已经开始溃烂了！你他妈的还说什么没做过假广告！我算是彻底看透了，像你这样没得过性病却在做性病广告的明星，做出来的广告难道会是真的吗？”

李龙哭丧着脸说：“我真的有性病……”

大胡子嘿嘿笑着说：“你也有性病？鬼才相信！要不要我陪你去医院鉴定一下？也好让你口服心服，乖乖地赔偿我的损失！”

“不用了！鉴定结果已经出来了！我真的得了性病！”李龙掏出一张诊断书，递给了大胡子，惺惺相惜地说，“做假广告得来的钱还真不好用，害得我花天酒地，得了性病！哥们，这个教训我记住了，今后打死我也不做假广告了！”

闪评：虚情假意，假模假样，假话真说，假戏真做，虽明知假不可为，仍一意为之。这是因为假山也有人喜欢，假山也能创造效益。

送你五千万

客车马上就要达到镇驻地了。在外面打了几年工的大海，把塞在座位下面的旅行包拽出来，做好下车的准备。这时，手机响起来，是本村的二愣子打来的。他问大海哪天能回来，说后天他就要结婚了，想请大海喝喜酒。

二愣子是大海从小玩到大的知心伙伴，如今他要结婚了，大海当然替他高兴，随即微笑着说："好兄弟，谢谢你一直记得我！我现在已经到了镇上。你要结婚了，想想没什么好礼物送给你，我准备送你五千万，你一定要开着手机……"刚说到这里，大海的手机突然没电、自动关机了。大海摇摇头，把手机揣了起来。

客车徐徐地停下来。大海提着鼓鼓囊囊的旅行包，下了车，抬头看看天空，太阳已经落到山后面，就要黑天了。小镇离家还有十多里路。大海内心有点着急，怕回家晚了，正想雇辆三轮车把自己送回家，忽然被人从后面重重地拍了一巴掌。大海回头一看，身后站着一个矮胖子，满脸堆笑地说："是大海吧？我从县城上车就觉得你面熟，可是一直没敢相认！现在，你可能也认不出我了吧？我是你的初中同学王胡啊！"

大海仔细打量一下矮胖子，隐约记起自己是有这么一位同学。王胡见大海认出了自己，忙说："好多年不见，今天机会难得，我做东，咱哥俩好好地聚一下怎么样？"大海推辞一番，见盛情难却，只好随着王胡来到了本镇最豪华的九九红餐饮娱乐城。

这个王胡真大方，要了一个带空调的豪华单间。不一会儿，红烧鱼唇、清蒸甲鱼、罗汉大虾等十几个名贵菜肴摆满了饭桌，酒开的也是如假包换的贵州茅台。这一桌怎么也不下一千元吧？大海在外面打工多年，从未享受过如此高级的待遇，迟疑着问王胡："这……是不是太奢侈了？"王胡哈哈一笑："小意思小意思！你大概还不知道吧？我现在已经混成了咱这个小镇专管招商引资的副镇长了……"

怪不得人家大方，原来有"腐败"的资本啊！大海正感叹着，一位长相妩媚的美女推门走进来，直接坐到了大海身边。王胡呵呵一笑，介绍说："这位是九九红餐饮娱乐城的老板，我的表妹小红！"小红是那种看起来特性感的女孩，大海看得眼热心跳，又被王胡和小红的殷勤劝酒感动，席间禁不住多喝了几杯。

酒足饭饱后，王胡盯了大海身边的旅行包一眼，对小红说："天也不早了，为了安全起见，我看今晚就不要让我的老同学回家了！我在三楼开了房，小红你陪大海过去休息吧，我还要回办公室办点事！"

正好大海也觉着喝高了，头有点发胀，就随着小红来到三楼。进了房间，小红马上把房门反锁，三下两下脱个溜光，“哧溜”一下钻进被窝里，两眼不停地冲大海放着“电”。大海从未见过这种场面，吓得打了个激灵，酒劲全消了：妈呀，这就是传说中的艳遇吧？自己和小红第一次见面，虽说对她有好感，但总不至于发展这么快吧？莫不是有什么阴谋？想到这里，大海赶紧提起旅行包，打开房门，打算冲出去。没想到王胡正好蹲在门外，起身窜进来，拉住大海，重新把房门反锁了。大海更加吃惊，结结巴巴地质问道：“王……王胡，你……你们到底想干什么？”

王胡赔着笑脸说：“老同学也不是外人，我索性打开天窗说亮话！我今天晚上搭上我表妹的目的，就是想让你在我们这里投资搞个项目！今年我还有五十万的招商引资任务没有完成，如果完不成这项任务，奖金拿不到手不说，这个副镇长的位子恐怕也不保了……”

大海听得目瞪口呆：“什么？让我投资五十万？”王胡紧盯着大海手中的旅行包说：“对，只要五十万就可以！你在车上打手机我都听到了！呵呵，你不是要送给你兄弟五千万吗？我猜你小子肯定中了彩票大奖，或者买股票发了大财！区区五十万，对你还不是九牛一毛！”

大海皱着眉头，沉默片刻，“扑哧”笑了：“王胡啊王胡，你小子也真有一壶，搞个美人计来引我入套！你实话实说，小红真是你表妹吗？”

王胡尴尬地咳嗽两声，压低声音说：“老同学啊，实不相瞒！小红还真不是我的表妹！她是九九红餐饮娱乐城的招牌小姐，我们镇上搞攻关都用她……”

“既然老同学如此坦诚，我也不好意思再吝啬了！现在，我决定，也要送给你五千万！这五千万是……”大海顿了顿说，“千万要快乐！千万要健康！千万要平安！千万要知足！千万不要干坏事！”

原来，大海在客车上所说的“五千万”，是他想幽默一把，准备发给二愣子的手机短信！王胡哭笑不得地叹口气，沮丧地一屁股坐在沙发上。小红也从床上跳起来，一边气哼哼地穿着衣服，一边不屑地撇着嘴说：“就是呢，我怎么看也觉着他不像个大富翁！”

这时，门外传来嘈杂的脚步声，随即响起猛烈的敲门声。不会是派出所来查房吧？大海心里“咯噔”一下，稳了下情绪，打开房门，却见二愣子领着一帮人冲进来。二愣子二话不说，冲大家使了个眼色，眨眼间人就涌上去，把王胡摁在地上，“噼里啪啦”一顿好揍！

二愣子瞅了瞅大海手中的旅行包，讨好地说：“大海哥，听说你带了五千万给我，我不放心你的安全，就带人赶了过来，果然发现有人在使坏！多亏我来得及时，要不你就中了他们的美人计了……”

闪评：被人遗忘，是寂寞的。可被人惦记，未必是幸福的。尤其是被人惦记上你的地位，你的财富。不怕贼偷，就怕贼惦记呀。

大鸡蛋小鸡蛋

刘火从小就喜欢唱歌，梦想做一名歌星。可是，他一直努力到而立之年，也没能实现这个梦想。

后来，有人发现刘火长得像极了一位颇有实力、颇有影响的当红歌星，就推荐他参加了一场商业演出，刘火因此掘得了人生第一桶金。

掘得第一桶金后的刘火，幡然醒悟，不再继续他的歌星梦，索性做起了那位当红歌星的“模仿秀”。

这时的刘火，经常应邀参加各种演出，专门模仿那位歌星的行为、模仿那位歌星的歌。

靠着模仿秀，刘火渐渐出名。

有一次，一商家搞开业庆典，邀请的那位当红歌星因车祸爽约。关键时刻，为应付观众，刘火挺身而出，冒充了一回当红歌星。蒙在鼓里的观众表情狂热、掌声如雷，现场气氛达到了高潮。刘火开始有点飘飘然，觉得自己比那位当红歌星差不到哪里去。

但飘飘然的刘火，毕竟还没熬到当红歌星的份上，仍然考虑柴米油盐酱醋茶，仍然考虑吃喝拉撒睡。为了这些，他仍然需要奋斗，仍然需要与接踵而来的烦恼——见招、接招并且拆招。

这天，刘火路过一个菜市场，忽然记起家里没鸡蛋了。他来到一个鸡蛋摊前，看见小贩正蹲在盛鸡蛋的塑料筐前，小心翼翼地向外挑拣那些偏小的鸡蛋，单独放到另外一个塑料筐里。

刘火指着大鸡蛋问："这种鸡蛋，多少钱一斤？"

小贩答："两块钱一斤。"

刘火以为小鸡蛋必然便宜，又指着小鸡蛋问："小鸡蛋多少钱一斤？"

小贩答："两块二一斤。"

刘火愣了："小鸡蛋怎么反而比大鸡蛋还要贵呢？"

小贩头也不抬："嗯，小鸡蛋是比大鸡蛋贵。因为，论大小，小鸡蛋和草鸡蛋差不多，很多时候，小鸡蛋可以冒充草鸡蛋，能卖更高的价钱。"

听了小贩的解释，刘火忽然对小鸡蛋生了恻隐之心。他觉得那些小鸡蛋，被小贩折腾来折腾去，厚着脸皮去冒充草鸡蛋，也挺不容易的，与模仿当红歌星的自己比起来，也算是同行了。

想到这里，刘火不再犹豫，掏钱从小贩那里买了一大袋可以冒充草鸡蛋的小鸡蛋。

这时，一阵风吹来，吹掉了小贩头上的草帽。刘火无意中瞥了小贩一眼。这一瞥，使他内心一惊。这个小贩长得太大众化了！没来由地，他觉得这个小贩，肯定知道他的身份，也肯定看过自己的"模仿秀"，听过自己模仿当红歌星的歌。

霎时，一股刺鼻的鸡粪味在空气中弥漫开来。

刘火终于忍不住，仰头打了个巨大的喷嚏。

闪评：插一根孔雀的羽毛，叫装饰。插满孔雀的羽毛，叫伪装。我们可以模仿一个人的声音，却无法模仿他的气质。可以模仿一个人的形象，却无法模仿他的灵魂。

第二辑 再上两盆鸡

再上两盆鸡

这天中午，海天酒楼里来了一伙顾客，特地点了酒楼的招牌菜——炖鸡，外加几个小菜。

这伙人围坐在单间里，一盆炖鸡刚吃了一半，忽然进来了一位头戴厨师帽的大胖子。只见他扫了一眼餐桌后，笑嘻嘻地说道："各位老兄，大家好！我是这里掌厨的厨师，大家都叫我张胖子。怎么样，炖鸡的味道还不错吧？"不等大家回话，张胖子一挥手，从身后闪出一位传菜的小伙计，把另一盆炖鸡放到了餐桌上。

这伙人一看，愣住了，怎么又上了一盆炖鸡，莫不是传错菜了？几道疑惑的目光一齐投向张胖子。张胖子呵呵一笑："诸位可能不知道吧？今天我们酒楼有个抽奖活动，你们这个单间，抽取了幸运奖。奖品嘛，是两盆炖鸡。恭喜，恭喜……”说完，张胖子又一挥手，小伙计变戏法似的，把第三盆炖鸡也端了上来。

望着热气腾腾的炖鸡，这伙人惊喜地喊道：“哇，好棒啊！这么多炖鸡，肯定吃不了，剩下的可以打包带走吗？”张胖子摇摇头说：“不可以的！我们酒楼有规定：免费获赠的炖鸡，只能现场消费，不能打包带走！”这伙人略感失望，但转念一想，免费获赠炖鸡也算不错了，于是，一齐把筷子伸向后来那两盆炖鸡。

这伙人直吃得肚皮滚瓜溜圆，每个盆里还剩下了不少炖鸡。等他们前脚刚离开酒楼，张胖子和小伙计后脚就踏进了单间。小伙计眨巴着眼睛，不解地问道：“胖师傅，咱们酒楼啥时候搞抽奖活动了？您今天是不是吃错药了，让我连着给这伙人上了三盆炖鸡？”

张胖子不慌不忙地拿起筷子，在最早那盆炖鸡里搅了两搅，伸手捞出了一枚油腻腻的金戒指，乐呵呵地说道：“做菜的时候，这玩意儿不见了，我寻思着准掉进最早这盆炖鸡里面了！要是被这伙人发现，闹到老板那儿，麻烦可就大了！嘿嘿，多亏我反应快，找借口又给他们上了两盆炖鸡，总算把他们的注意力转移了，没再怎么动最早这盆炖鸡……”

闪评：我们苛求生活完美，不受一点儿的委屈，却一不小心就给别人的生活带来麻烦。学一点危机公关技巧吧，说不定哪天就会用得上。

大柱坐电梯

大柱帮父亲务农，父子俩发了点小财。父亲一高兴，给了大柱一百块钱，让大柱到城里去开开眼界。

大柱进了城，跨进一座商厦。他看见很多人在等电梯。这玩意，他在电视里看过，还没开过洋荤呢。大柱跟着人流进了电梯。电梯门口有一个小平头，看见大家进了电梯，就问道："都到几楼啊？"有人说到三楼，有人说到六楼，还有人说到九楼，大柱说："我到二十二楼，最顶层。"

小平头"啪啪"几下摁下楼层号码，麻利地关上电梯门，电梯开始上行。大柱头一次坐电梯，只见电梯开开停停，行人进进出出，感觉非常新奇。转眼到了九楼，趁着电梯开门的工夫，小平头突然挤出人群，溜出电梯，向楼下窜去。

这小平头，其实是个小偷。一开始，大家都以为他是开电梯的。他趁着大家不注意，偷了几个钱包揣进兜里。小平头偷钱包的过程，很多人看到了，只是小平头眼露凶光，没人敢声张罢了。

大柱愣了片刻，跨出电梯门，拔腿向小平头追了过去。他一边追一边高声喊道："回来，快回来！"

小平头回头看大柱追过来，跑得更快了。

大柱紧盯着小平头不放。一转眼，两人来到大街上。小平头更加没命地逃窜。但只跑出二里多地，就被大柱追上了。小平头累得一屁股坐在地上，掏出偷来的那些钱包，对大柱说：“这些，都……都给你！你放……放过我吧！”

这时，警察接到报警电话赶来，把小平头控制起来。随后电视台记者也赶来了，对大柱进行了现场采访：“请问您当时都想了些什么？”

大柱憨厚地笑了：“也没想啥！我只是想追上他问问，他正开着电梯为什么不开了？我还要到二十二楼去呢！”

听到这里，小平头“嗷”的一声，气晕过去了！

闪评：那些远离都市生活的人们，也许正在享受我们久寻不到的闲适和情趣。那些远离现代科技的人们，也许我们可以从他们身上找到最原始的质朴、善良和智慧。

我知道你是干什么的

赵达来到南方某市，打算租间房子，慢慢寻找工作。可他一个个电话打出去，都失望了：那些小广告都是房屋中介张贴的，找他们租房子，得交50元看房费。如果成交，还要按成交价的50%，交纳中介费。

赵达生活费都成问题，哪肯让别人赚中介费？他暂时寄住在朋友那儿，买来一些红纸，写上租房要求和手机号码，做成了十几份求租广告。

赵达在某居民小区贴下第一份求租广告，正待用手抹平，肩上突然挨了一巴掌。

赵达回头一看，一位老汉站在身后，笑眯眯地望着他："小伙子，干啥呢？"

赵达有点紧张，结结巴巴地说："没……没干啥呢！"

老汉嘿嘿一笑："我知道你是干什么的！"

赵达愣了："你知道我是干什么的？"

老汉慢条斯理地说："对，我知道你是干什么的！你是房屋中介来这里找房源的！你们伪装成求租房屋的，把广告贴得满大街都是。谁家有房出租，打了广告上这个电话后，你们就顺藤摸瓜杀上门来，穷追不舍，赖着房主做租房代理。

你们这些小中介，不都这么做吗？”

赵达感到好笑，赶紧解释。

老汉不听，转身就走。走了没多远，又回过头来，冲赵达喊道：“你们这点技巧，地球人都知道！”赵达想，这老汉真逗！

赵达好不容易张贴完广告，刚回到朋友处，手机响了，是个陌生号码。

对方彬彬有礼地问：“您好！是赵先生吗？”

赵达点着头说：“对，我是赵达！”

对方紧接着说：“太好了，赵先生，您张贴的求租广告，我仔细看了，我们公司正好有一套房子，非常符合您的要求……”

“等等，你说什么？你们公司？”

“对呀，我们玉成房屋中介公司……”

不等对方说完，赵达合上手机，愤愤地骂了一句。

这天晚上，赵达没睡安稳，很多中介公司都打电话或发短信，向他推介房屋出租业务。他不堪骚扰，决定把自己张贴的那些广告一一清除掉。

一大早，赵达拿上小铲，顺着上回的路线，开始清除那些广告。好在张贴得并不牢固，用小铲一铲，再用手一揭，就弄掉了。谁知赵达被小区的一个保安盯上了。这个保安围着赵达转来转去，看得赵达心里直发毛。终于，保安发话了：“你是城管？不像！你是清洁工？更不像！”赵达点头哈腰，接过话茬说：“大哥，您看人真准，眼力真好！我不是城管，也不是清洁工……”

保安哈哈大笑，指着赵达说:“我知道你是干什么的了！你是房屋中介的！人家前脚贴下这些求租广告，你们后脚就给人家揭掉，让想租房子的租不到房子，有房子的又租不出去，把他们都逼到你们那儿去，净让你们赚黑心钱！”

赵达哭笑不得，硬生生憋出了一句话：“大哥，您的想象力可真丰富！”结果，赵达被这个想象力丰富、极有正义感的保安“请”出了小区。

历经打击的赵达，恨透了那些黑心肠的房屋中介。在朋友的帮助下，他租到了一处临街的房屋，成立了“通达房屋中介公司”。他决心做一名正直的中介人，以诚信、规范的经营，对抗无序、狡诈的黑中介。

开业那天，赵达的中介公司热闹非凡，电话响个不停。第一个电话，是顾客打过来的。这位顾客也不客套，直入主题：“我看了你们通达房屋中介公司张贴的小广告，上面说的一处房子，在滨河大道附近，我觉得挺合适……”

赵达莫名其妙，试探着问顾客：“我们公司刚刚开业，还没来得及张贴业务广告，不知您在哪里看到了我们公司的广告？还有，你说的那处房子，我们这里根本没有登记……”

“神经病，没有登记，乱贴什么小广告！”顾客骂骂咧咧地放下了电话。

接下来，赵达一连接了好多类似电话，顾客反应都如出一辙。赵达被这些电话搅得云里雾里，颓然坐在沙发上，任电话响个不停，不敢去接。

赵达茶饭不思地琢磨了两天，好歹琢磨出了门道，他之所以遭遇“诚信门”，最大的可能就是：他遭到了黑中介的暗算！那些黑中介搞恶性竞争，故意替他张贴虚假广告，损害他的信誉，把他的诚信一点一点地从顾客心中抹掉。

赵达心情黯淡，提笔在门前写下了四个大字：“吉屋转让”。没多会儿，就有人找上门来了，问赵达：“你这房子要转让？”赵达迎上去说：“对，转让，廉价转让！”来人狡黠地一笑，掏出一张名片递给了赵达。

赵达接过一看，脸上的笑容僵住了。名片上写的是：“齐天大圣房屋中介公司。代办房屋租赁、买卖、转让……”

闪评：黑策略，当然也是策略。虽上不了台面，但很有效。像不带响的暗箭，狠且毒，阴且险。你自诩白天，该黑的时候，就让别人黑你一下吧。这样才能读懂夜的黑。

俺认得你

老王在家闲着没事，便帮老婆上街卖煎饼。

刚摆好摊子，过来一个小伙子，要买一斤煎饼。老王一边称煎饼，一边对小伙子说："小伙子，俺认得你！"小伙子愣住了："大叔，你怎么会认得我呢？"老王眨巴了两下眼皮说："小伙子，俺是认得你，因为你到俺这里买过煎饼！"小伙子"哦"了一声，说:"我是在这里买过煎饼……"趁着小伙子若有所思的当儿，老王赶紧把称好的煎饼往塑料袋里放，一边放一边问小伙子："多称了点，一斤四两，行吧？"小伙子点点头，把钱递过来："行，大叔！"

等小伙子走了以后，老王老婆急忙问老王："老头子，俺在这里卖了七八年煎饼，都不认识这个小伙子，你头一次来这里帮俺卖煎饼,怎么会认得人家呢？"老王嘿嘿一笑："老婆子，做买卖要学会讨巧，学会笼络人！你这个人啥都好，就是太实诚，不会耍花样！俺哪里认得那个小伙子啊？都是俺利用概率原理推算的！"老王老婆瞪大了眼睛："推算的？"老王伏在老婆耳边，小声说："是推算的！你想啊，咱们在这里卖煎饼卖了七八年了，附近的住户有谁会没到这里买过咱们的煎饼啊？瞧，凭俺这一推算，见谁就说认得谁，闹尴尬的可能性保管是小之又小！”

正说着，过来了一个城管，伸手就要去掀老王他们的煎饼摊子。老王一手护住了煎饼摊子，满脸堆笑地对城管说：“大兄弟，俺认得你！”城管不耐烦地瞪了老王一眼：“你认得我，我不认得你！”老王不慌不忙地说：“大兄弟，俺真认得你，你媳妇经常来俺这里买煎饼，俺这煎饼好咬、不粘牙，你媳妇最喜欢吃了！”城管露出狐疑的眼神，上上下下打量了老王一番，什么话也没说，掉头走了。老王得意地冲老婆一笑：“瞧，老婆子，俺那招又管用了！城里人都怕媳妇！掀了咱们的煎饼摊子，他担心媳妇跟他闹腾呢！”

城管刚走，又过来一个五大三粗的汉子，把一把皱巴巴的零钱甩在老王面前：“大哥，来一斤煎饼！”老王一听汉子的口音，还是山东老乡哩，忙讨好地说：“大兄弟，什么时候从山东老家跑到这里来了？俺认得你……”汉子听到这话，突然变了脸色，撒腿就跑。老王不知道汉子为什么要跑，抓起那把零钱就追了上去：“大兄弟，别跑啊！俺真的认得你！你买过俺的煎饼……”

大街上人声嘈杂，汉子没听清老王的话，只顾向前奔跑着。老王越追，汉子跑得越快，眼看就要消失在车流人海中。恰好有一辆警车打此路过。车上的几个警察看见汉子在前面跑，老王在后面追，断定有什么蹊跷。他们立即下车将汉子围起来，逼到了墙角。汉子看看无路可逃，从怀里掏出一把明晃晃的匕首，扔在地上，“扑通”一声跪下来，痛哭流涕地说："我坦白，我交代……"

原来，汉子是一个月以前在山东残忍地杀死一家五口后，潜逃到这里的犯罪嫌疑人。

案子顺利了结了。公安局要给老王授奖，老王却躲了起来，不肯接受公安部门的奖励。大家都认为老王高风亮节，不贪图名利，更加为老王的表现叫好。

老王惭愧极了，满脸窘迫而又充满后怕地对老婆说："那天俺说认得那个汉子的时候，多亏是在闹市当中！要是在僻静处，穷凶极恶的他还不杀了俺灭口？人哪，还是实实在在的好，千万不要去弄虚作假！"

闪评：待人可以嘴甜一点，办事可以灵巧一点，但应有度，宜守住底线，以防弄巧成拙，枉费了心思。

蚊子掐架

这天下午，老大、老二、老三相约到乡下看望老爹。三兄弟如今在城里混出息了，他们一边喝着小酒，一边向老爹吹嘘着自己的本事。突然下起了暴雨，这雨越下越大，直到天黑还没有停歇的意思。三兄弟只好住下来，将就着挤到西屋那张宽大的老式床上。

刚躺下没多会儿，耳边响起“嗡嗡”的声音。老大拉开床头灯一看，蚊帐里落了几只蚊子，就伸手推了身边的老二一把，示意老二去打蚊子。谁知老二也不愿意起来打蚊子，哼哼了两声，拿脚蹬了老三一下，示意老三去打蚊子。

这老三啥人啊？好歹在单位里也是个中层啊，当然不会听老二的安排。只见他翻了翻身，腾出脚来，返回去踹了老大一下，示意老大去打蚊子。

老大挠了挠头，只好提了个建议说：“不如我们按蚊子的数量分一分工，各人负责打死各人分到的蚊子？”老二、老三一齐拍手，称赞这个主意不错。老大爬起来，数了数蚊帐里的蚊子，却犯了愁：“蚊帐里一共有四只蚊子，一人负责打死一只，还剩一只怎么分配呢？”

三兄弟喷着酒气，讨论了半天，结果谁也不愿意多打那只蚊子，最后不知不觉都睡着了。

一觉醒来，天已大亮。三兄弟突然发现那四只蚊子已经死了，尸体零乱地散落在床上。蚊子是怎么死的呢？三兄弟陷入了沉思。老三忽然兴奋地喊道："我知道蚊子是怎么死的了！"老大、老二急忙催老三说来听听。老三手舞足蹈地说道："蚊子是掐架掐死的！你们想啊，四只蚊子吸我们三个人的血，每只蚊子负责一个人，还缺一个人，根本没法分配，它们能不掐架吗？"老大、老二点点头，冲老三竖起了大拇指。

就在这时，老爹走进来，从床头摸出一瓶驱蚊剂，乐呵呵地说道："昨晚睡得还香吧？我看到蚊帐里有蚊子，就替你们喷了些驱蚊剂……"

闪评：三人行，必有我师。而肯吃亏的那个人，一定是佛。我们把他叫作"吃亏佛"，在诸佛之中最有奉献精神，最值得我们敬重。只是，能称得上佛的人太少了，所以就有了"三个和尚没水吃"。

露露脸

县体育局的王主任带队，到市里参加乒乓球比赛。临行前，局长把王主任拉到一边，悄悄地叮嘱了王主任几句。

原来，局长的小舅子侯三在这次比赛中参加单打项目。局长暗示王主任：一定要想办法帮侯三弄个第一名，好让侯三在全市人民面前美美地露露脸，自己脸上也有光。王主任心想：凭侯三的实力，进前三就不错了，怎么能拿第一呢？”嘴上却不敢反驳，只好硬着头皮，打起了包票：“请局长放心……”

来到市里后，王主任可乐坏了：侯三超常发挥，一路过关斩将，最后与一个大高个争夺冠军。

决赛进行得异常激烈。王主任的心“嘭嘭”乱跳，情绪随着比赛节奏不断起伏着。头六局，侯三居然与大高个打成了三比三。面对这个出人意料的成绩，王主任激动地跳了起来。

第七局是决定胜负的一局。这时的侯三，体力已明显下降。大高个突然调整了发球姿式，加大击球力度，越打越勇猛起来。而侯三一时不能适应，渐落下风，他拼命想挽回败局，脸部一下变得抽搐、扭曲起来。王主任急出了一身冷汗，高声喊着侯三的名字，不停地打着手势，示意侯三要稳住。可是，王主任越打手势，侯三越慌，又接连丢了几分。王主任叹了口气，连连摇头，退出了人群。

没多会儿，从四周涌过来一群报社记者。只听“咔嚓”“咔嚓”，快门响成一片……一转眼的工夫，这些记者已像泥鳅一样，“哧溜”钻进人群，抢占了有利地形，纷纷举起手中的相机，对准大高个一通狂拍。

这时，说也奇怪，大高个一下变得手忙脚乱，失误忽然多了起来。侯三一看，顿时来了精神，抓住这个机会，大吼一声，开始奋勇反击。大高个被侯三打得节节败退，模样十分狼狈。侯三力挽狂澜，最终化险为夷，一举拿下了第七局，以四比三的微弱优势战胜了大高个。

侯三这个得意啊，昂首阔步地走上领奖台，从颁奖嘉宾手中接过冠军奖杯，频频挥动着向观众致意，迟迟不肯下来。眼看观众就要喝倒彩，王主任赶紧冲上台去，把侯三拉了下来。

侯三从领奖台上下来后，把冠军奖杯往王主任手里一放，洋洋自得地说道：“不是我自夸，对付市里这些选手，简直是小菜一碟！下个月，我还要去省里参加比赛，再拿个第一给大家瞧瞧！”

王主任吃了一惊，心想：“这小子还要去省里参加比赛啊？这可不行，得赶紧想办法阻止他！”想到这，王主任讨好着侯三，小心翼翼地劝说道：“这省里的情况嘛，比较复杂，不同市里，万一拿不着第一怎么办？到省里参加比赛的事情，是不是先缓一缓，等回去以后再说？”侯三听了这话，很不高兴，正想问个究竟，却见大高个把亚军奖杯塞进背包，垂头丧气地向这边走来。经过侯三身边时，只听大高个小声嘟哝着说：“真倒霉！比赛本来进行得很顺利，没想到被闪光灯照得头晕眼花，影响了发挥……”

等大高个走远了，王主任嘿嘿一笑，斜视着侯三说：“事到如今，我也不瞒你了！实话对你说吧，打第七局那会儿，趁着大家不注意，我偷偷溜出去，给每位记者塞了一个红包，告诉他们：‘大高个是我们县代表队的，请他们务必给大高个多拍几张照片，好让他在明天的报纸上露露脸……’”

闪评：成功时，倾向于“归内因”，把成功的原因归于自己的努力和过硬的实力。失败时，倾向于“归外因”，把失败的原因归于外部因素。任何的成功和失败，都应统筹考虑内外部因素的综合影响。

心理测验

这天上午，心理学田教授带上他的得意弟子胡东来到肉市，向一个肉摊走过去。

摊主是一个大胡子，他一边用手中的剔骨刀拍着案板，一边问田教授和胡东：“两位来点什么？”

田教授对胡东使了个眼色，胡东当即说道：“来一斤五花肉！”

大胡子挥刀割下一块肉，扔到台秤上称了称，不多不少，正好一斤。

胡东掏出一张百元纸币，递给大胡子。

大胡子接过纸币，拽着两角，用力扯了扯，又举到眼前看了看。仔细验明真伪后，放心地把纸币放到了胸前的布兜里，接着给胡东找零。

胡东接过找零后，与田教授一起，撒腿就跑。

大胡子愣了一下，马上抓起剔骨刀，一团风似的追过去。

田教授回头一看，发现大胡子追了上来，忙止住脚步，冲胡东喊道：“可以了，不用再跑了！”

说话间，大胡子追上来，一把揪住田教授，像抓小鸡一样拎起来，恶狠狠地问道：“说，你们刚才给我的那一百元钱，是不是假钱？”

田教授哆哆嗦嗦地回答说:“不……不是假钱，是真的！”

大胡子“呸”了一声，吼道：“你这话谁信？都说做贼心虚，我看你们接过找零后急着逃跑，给我的肯定是假钱！”

田教授脸都吓白了。

胡东见事不妙，赶紧凑上前，讨好着解释说：“好汉，你误会了，我们刚才给您的那一百元，保证不是假钱！我们这是在做一个心理测验！拿到找零后就跑，是我们特意设计的一个情节，主要是想通过这个过程，测验一下大家的心理反应以及彼此之间的信任度！”

大胡子的脸色缓和下来。

他找出那张百元纸币，到有验钞机的小贩那里一验，果然不是假钱，这才骂骂咧咧地放了田教授与胡东两人。

经过这次惊吓，田教授好半天才缓过劲来。不过还好，测验还算成功！他整了整衣服，抹抹额头上的冷汗，与胡东继续进行心理测验。

吃一堑，长一智。

这回他们转悠到水果市场，来到一位长相文弱、戴着高度近视镜的小伙子跟前。胡东照例掏出一张百元纸币，在小伙子那里买了几斤橘子。从小伙子手里接过找零后，田教授和胡东照例撒腿就跑。

他们边跑边回头观察，可奇怪的是，小伙子并没有追上来。

跑出一段距离后，田教授和胡东两人停下来。

胡东掏出小伙子的找零，从里面翻出一张五十元的纸币，在手里抖了两抖，又放到眼前瞅了瞅，顿时露出一脸苦相：“老师，我们上当受骗了！这张五十元的纸币是假币！”

田教授拿了一个橘子，剥了皮，正要往嘴里送，听了这话，他赶紧从胡东手里接过那张五十元的纸币，左看右看了起来。不一会儿，一向文明的田教授把手中的橘子向地上一扔，气呼呼地骂道：“他妈的，这橘子真苦！”

闪评：把假的当作真的，动机好理解，动作经常见。把真的当作假的，则不常见，难理解。真作假时假亦真，假作真时真亦假。真真假假之间，折射出心理的变迁、人性的复杂。

压压惊

阿华爱上了开理发店的小丽，天天跑到小丽跟前献殷勤。看得出来，小丽对阿华也有那么点意思。

可是，好景不长，没过多久，阿华就遇到了一个强有力的竞争对手。这家伙是个络腮胡，人长得不怎么样，却比阿华还执着、还有心计。每天一大早，他都跟赛跑似的，抢在阿华头里，钻进理发店，和小丽一聊就是大半天。聊到兴奋处，络腮胡总是手舞足蹈，激动不已，好像在演说似的。这可真是“半路杀出个程咬金”！阿华接触小丽的机会大大减少，心里不免酸溜溜的，恨不得络腮胡马上消失。

谁知一晃十多天过去了，络腮胡还是天天往理发店那儿钻，一点儿没有被扫地出门的迹象。有一次，络腮胡和小丽正说着什么，小丽突然不耐烦起来，停下手中的活儿，硬把络腮胡推出了理发店。阿华乐得直蹦高，心想：“看你还有脸到小丽这里来？”可没想到，络腮胡这家伙并没有放弃，第二天一大早又来到理发店，对小丽仍旧是笑嘻嘻的，口若悬河地说着什么，看不出丝毫的不快。这不摆明了是一根死缠烂打的臭皮条吗？这么下去还了得？阿华急了，决心给络腮胡点颜色看看，让络腮胡知难而退。他找了两个小痞子，狠了狠心，掏钱请他们吃了顿大餐。两个小痞子吃得油光嘴滑，满意地打着饱嗝，答应替阿华教训教训那个不识好歹的络腮胡。

这天中午，三个人躲在理发店附近的一条小巷里，耐心等待着。终于，络腮胡走出小丽的理发店，骑上自行车，哼着小曲向这边走来。阿华冲两个小痞子一挥手，两个小痞子马上冲出来，把络腮胡从车上扯下来，拳打脚踢了一通。这两个小痞子一边打，一边对络腮胡喊道："叫你不自量力，叫你再缠着小丽……"

这络腮胡也不傻啊，一听就明白了自己挨打的原因，马上乖起来，可怜巴巴地哀求着说："别打了，别打了！我再也不敢了，我保证今后再也不去找小丽了！"

这时，小丽听到吵闹声，跑出来，正好听到了络腮胡的保证。她"扑哧"一声乐了，拍着巴掌直喊："太好了，太好了！"两个小痞子一听，愣住了，不解地问道："妹妹，俺们打他这么厉害，你不心疼？"小丽乐呵呵地回答说："姑奶奶才不心疼哩！他是搞非法传销的，天天来这里，死皮赖脸地缠着我，非要我买他的产品，做他的下线。唉，撵都撵不走，真是烦死人了，我巴不得他立马从我眼前消失哩！"

嘿，这不正好一石二鸟吗？两个小痞子心中暗喜，忙讨好小丽说："小姑奶奶，俺们帮你解决了大问题，你可要请客啊！"两人一边说着，一边放开了手中的络腮胡。

阿华在暗中听到络腮胡是搞传销的，顿时来了精神，从巷子里冲出来，指着络腮胡，高声喊道："先别放他走！

先别放他走！”妈呀，还要打呀，络腮胡吓了一跳，撒腿就跑。

阿华紧紧地追赶，一边追，一边气喘吁吁地喊道：“兄弟，别跑啊！我是市晚报的特约报料人，晚报最近对传销特别感兴趣，正愁着没线索呢。我寻思着，把你到小丽这里搞传销的这段遭遇，提供给晚报，怎么着也能弄个百八十的报料费。到时候，咱哥俩找个小饭馆，好好地喝上两盅，彼此都压压惊——毕竟这些日子，咱哥俩都挺不容易的不是？……”

闪评：沉重的生活压力，让人的黏性增加，成为“黏性人”。我们恨不得黏住所有的机会，黏住所有的可能，颇有“不到黄河心不死”“不达目的不罢休”的执着气概。

传世佳作

师成上任局长后干的第一件事，就是把包括老局长在内的一批老同志请来，在本县最豪华的大酒店举行茶话会。茶话会一开始，师成大步走上讲台，发表了热情洋溢的致辞。好家伙，师成这番话，讲得抑扬顿挫、声情并茂，博得了一阵阵的掌声。

致辞结束，开始就餐。师成端着酒杯，神采飞扬地来到老局长面前，打算向老局长敬酒。谁知老局长假装没看见师成，一扭头走出餐厅，径直去了卫生间。师成发觉老局长不高兴，摸不着头脑了，不知道自己哪里惹着了老局长。

这时，身边一位老同志扯了扯师成的衣服，把师成拽到一边，悄声说道："师局长，您闯大祸了。您这次致辞用的讲话稿，和老局长在十年前的一次宴会上用的讲话稿，一字不差……"

师成吃了一惊，半信半疑地望着这位老同志："你说的都是真的？"老同志拍着胸脯说："千真万确！老局长曾经把自己历年的讲话稿整理出来，出过一本集子，我在那本集子里也看到过这篇讲话稿。"

这下，师成慌了：老局长可得罪不起，这次自己能够当上局长，全靠老局长的提拔。再者，老局长上面关系很深，今后还需仰仗他。想到这里，师成赶紧尾随着老局长，追进了卫生间。

不一会儿，师成陪着老局长，从卫生间出来了。只听师成赔着笑脸说道：“我这次用的讲话稿，是新来的刘秘书提供的，想不到居然是老领导的一篇旧作！佳作啊，真是难得的佳作，都流传十多年了，还能紧跟形势，一点也不落伍，我看老领导的这篇讲话稿，起码还可以流传七八十年……”

老局长听了师成一番话，脸上的表情明显缓和了下来。

闪评：文学佳作以个性而不以共性传世。时下的讲话稿则反其道而行之，重共性而轻个性，共性越多，则越可通用，越能“传世”。可以这样说：这不是一个人的讲话稿，这是大家的讲话稿！

张三算卦

张三好吃懒做，做事不想吃苦受累。他仗着能说会道，在寺庙前摆了个卦摊。

这天下午，来了一位胖嘟嘟的游客，眼看就要晃过卦摊。张三哪肯放过这个机会，冲胖游客招手说道："这位先生，不妨来我这里算上一卦？准得很呢！"胖游客"哦"了一声，下意识地停下来。张三试探着说道："您命里该有三个孩子……"

这本是一句模棱两可、可进可退的话，张三靠着察言观色、投人所好，骗取了不少游客的钱财。谁知这次，胖游客听了这话，脸色突变，甩手向前走去。他边走边生气地埋怨张三说："这种事怎么可以乱说呢？我家中可只有一位千金！"张三见事情被自己搞黄了，好不懊恼。

不料这事还没完，某晚报记者当时正好路过此地，他笔头一动，把张三算卦这事详细地写成新闻，配上张三给胖游客算卦的照片，登在了晚报上。一时间，张三算卦这事成了大家的笑料。大家见了张三，都故意取笑他："您命里该有三个孩子……"

张三脸面尽失，没几天，卦摊也摆不下去了。他又羞又恼，一时想不开，在寺庙外边找了根草绳，一头系在歪脖子枣树上，一头打了个活结，打算吊死在那里。

张三踩着平常算卦坐的板凳，刚将脖子伸进活结，忽然从身后传来一阵喧闹声。张三扭头一看，男男女女七八个人，正朝自己这边跑来。张三一闭眼，慌忙踹倒了脚下的板凳。只听“扑通”一声，草绳断成两截，张三摔到了地上。

转眼间，那伙男女也跑到了歪脖子枣树这边。一位小伙子打量了张三一眼，忙不迭地说：“哎呀，张大师，我们到处找不到你，原来你躲到这里来摘枣子吃了！想摘枣子吃，何劳您大驾？”说完，小伙子“嗖嗖”两下爬上歪脖子枣树，摘下一大把枣子来，殷勤地放到了张三手中。

张三望着手中的枣子，哭笑不得。

这时，小伙子又从同伴手中抢过一张报纸，扬了两扬，恭维着说：“瞧，张大师，您又上晚报了，真是神算啊！今天您可要好好给我算上一卦啊！”同来的几位男女，也纷纷附和着说：“张大师，您这卦算得真是太准了，今天可要好好给我们算上一卦啊！”

张三接过报纸一看，天，自己真的又上晚报了，还被记者戏称为“神算”！

据晚报记者报道，那位胖游客真像张三说的那样，有三个孩子：一个是女孩，同老婆所生；另外，他还长期在外面租房，包了个二奶，生了对双胞胎男孩。

张三和胖游客的照片上报后，女房东认出了这位“家中只有一位千金”的胖游客。好事的女房东觉得蹊跷：这人怎么撒谎说“家中只有一位千金”呢？他不会还瞒着自己什么吧？女房东想弄个水落石出，于是向晚报爆料，把这事抖了出来。

晚报记者接到爆料后，发动网友进行“人肉搜索”，终于弄清了胖游客身为某单位副局长的底细。纪委根据这些线索，顺藤摸瓜查出了胖游客贪污受贿与包二奶的案件。

张三呆呆地看着报纸，一言不发。过了半天，他忽然扔掉报纸，哈哈大笑起来。紧接着，“嗖嗖”两下爬上了歪脖子枣树。

这张三，莫不是突然发疯了？大家正疑惑间，张三伸手摘了几把枣子，扔了下来，笑嘻嘻地向下喊道：“没想到算卦能算出一个贪官来，更没想到算卦差点算丢了我的命！打今儿起，我要找点正事干，再也不会给任何人算卦了！现在，先让我摘些枣子给你们吃吧！”

闪评：那些看似不起眼的小意外，让多少人不幸落马。当意外成为必然，任你谨小慎微，任你万般设防，也难敌歪打正着的那么一下。它会让你精心构筑的大厦轰然倒塌。

盗版书

李华和老婆小丽在城里开了一家书店。由于李华头脑精明、会算计，生意还算不错。

这天上午，李华和小丽正在整理店里的杂物，忽然进来一位文质彬彬、略显瘦弱的年轻人。小丽忙迎上去："您要买什么书？"年轻人四处张望一番，收回目光说："请问你们这里有盗版的《唐诗鉴赏辞典》吗？我总共需要四十本……"小丽听了，暗暗高兴：店里正好还有四十多本存货，这下又可以小赚一笔了！

小丽刚要开口，站在年轻人背后的李华却伸出手指，着急地冲小丽做了个禁声的动作。转眼间，李华"嗖"的一下，站到了年轻人面前，打量了年轻人一番，接过话茬说："您为什么要买这么多盗版书啊？"年轻人呵呵一笑说："这你就不用多问了，我自有用处！"

李华稍微思索了一下，满脸堆笑地告诉年轻人："是这样的，你要的这种盗版书我们这里暂时没有。不过，你可以给我留下您的联系方式，一有货我会及时通知您的！"

年轻人点点头，把手机号留给李华。然后出了书店，骑上自行车走了。

李华伏在小丽耳边说了句什么，马上从书店里窜出来，也骑上一辆自行车，拉开一段距离，不紧不慢地跟在年轻人后边。

年轻人并没有发现李华在跟踪他，很快来到一座大楼前，停住了自行车。李华吃了一惊，也赶紧停住自行车，躲到路边的公话亭后边。年轻人则推着自行车，走向大楼附近的修车摊，原来他的自行车扎了胎……

修好自行车后，年轻人重新上路。李华赶紧跟了上去。年轻人骑着自行车走出二三十米远，突然拐进了路边的一所小学。

李华长嘘了一口气，马上赶回书店，擦擦额头上的汗珠，对小丽说："我先是看到年轻人在新闻出版局大楼前停了下来，吓得我出了一身冷汗！没想到他是停下来修车的。后来又拐进了我们女儿上小学的那所学校……这下我们可以放心了，看来年轻人并不是新闻出版局派来查盗版书的！"

紧接着，李华拨通了年轻人的手机："您好！我已经从别处紧急调来了一批盗版的《唐诗鉴赏辞典》，您现在可以来提货了……"

年轻人很快赶了过来，付完钱后，提着四十本盗版的《唐诗鉴赏辞典》，满意地离去了。

晚上，李华两口子回到家，看到女儿正在一本厚书上不停地涂改着什么。李华凑上去一看，是一本《唐诗鉴赏辞典》。

女儿说："我们班新换了语文老师，给我们每人发了一本盗版的《唐诗鉴赏辞典》，让我们练习改错别字和病句……”

原来，买盗版书的那位年轻人，是女儿班级新换的语文老师啊！想不到他买那么多盗版书的目的，是给学生改错别字和病句用！看来，这盗版书的质量还真是不怎么样。想到这里，李华两口子彼此对视了一眼，感觉脸皮微微发烫。

闪评：化腐朽为神奇，是为神人。神人创造神器。神器催生神效。我们期待更多的神人，也期待更多的神器。只是，这样的神人和神器，让某些人情何以堪？

周密布防

我正在整理废品，手机响了。一个男人开口就问："你是废品收购店吗？"

我生气地回答："你才是废品收购店呢！"

那边沉默了一会儿，接着说："对不起，我是问，你那里是废品收购店吗？"

得到了我肯定的答复后，他问我有一笔生意想不想做。

这些天，为了把生意搞活，我把收废品的广告做得满大街都是，现在终于收到效果了。

我忙问他什么生意。

他说："富华小区你知道吧？你每天下午去那里一次，找到 9 号楼 1 单元，爬到顶楼，也就是 10 楼，把插在西户防盗门上的促销广告取下来，任务就算完成了！记住，一定要每天下午去取一次，从今天算起，总共 7 天，我付给你 200 元辛苦费！"

我琢磨了一下，直截了当地说："生意我接了，但报酬你怎么给我呢？我又不认识你，把活儿做完了，找不到你怎么办？"

他说："这好办，我都替你想好了，你马上赶到银行，办张实时到账的银行卡，告诉我卡号，我这就给你把辛苦费打过去，外加60元的办卡工本费、打的费！”

这倒是个好主意！我赶紧打的赶到银行，刚办好银行卡，手机迫不及待地响了，是那个男人打过来的。我马上把卡号告诉了他，然后蹲在银行门口等了半个多小时，刷卡一看，260元果然到账了。怕其中有诈，我赶紧把钱取出来，将银行卡销了户，然后静下心来，把事情的来龙去脉仔仔细细过滤了一遍，这才猛然想起来，自己还不知道那个男人叫什么名字，更不清楚他让我到富华小区取促销广告的目的。我赶紧从手机里翻出那个电话号码，打了过去，接电话的人不耐烦地说：“这是公话！”

这天正好是“五一”长假第一天。下午3点多，我提着塑料编织袋，来到了富华小区。

富华小区是本市某企业家属院，传达室里坐着一位非常和善的老头，不但没阻拦我，还笑眯眯地冲我点了点头。我气喘吁吁地爬上了9号楼1单元10楼，果然发现西户的防盗门上插着几份促销广告，我伸手取下放到了塑料编织袋里。下楼时，顺手把所有住户门上的促销广告都取下来，居然塞了满满一袋子。

转眼到了“五一”长假最后一天。我最后一次履行和那位男人的约定。进入富华小区之前，我发现传达室里除了那位老头，还多了几个保安，我没在意这一变化，大摇大摆地走了进去。

当我提着塑料编织袋从楼上走下来时，那伙保安突然冲过来，把我带到了传达室。

一位自称是王科长的家伙，打量了我一番，神情严肃地说：“从昨天开始，我们就注意你了！”

我感到疑惑和不妙，我一个收废品的，有什么地方值得他们注意呢？

王科长说：“小区前天夜里发生了盗窃案件，几户居民家中损失惨重，经分析认定，系盗窃团伙所为。我们怀疑你就是这个盗窃团伙中的一员！”

我慌忙打开塑料编织袋，辩解说：“我从没偷过这里的东西！你们瞧，袋子里都是促销广告！”

王科长扫了塑料编织袋一眼，冷冷地说：“这并不能证明什么，你是盗窃团伙安排到这里来踩点的也说不定呢！”

几个保安早等得不耐烦了，握着橡胶棍，不停地做着热身动作。我急出了一身冷汗！

千钧一发之际，从传达室外传来一个熟悉的声音：“王科长，这是干吗呢？”

我扭头一看，一个大腹便便的男人正提着一个大大的旅行包，身后跟着一个女人和一个孩子，风尘仆仆地站在传达室门外。

王科长笑着回答：“是钱科长啊，你们一家海南‘七日游’刚回来吧？小区里发生了盗窃案件，我们抓住了这个重大嫌疑人，正仔细盘问呢。”

钱科长看了我一眼，哈哈大笑着说：“这不是废品收购店的老刘吗？”

我吃了一惊，望着钱科长说：“我不认识你呀，你认识我吗？”

钱科长笑嘻嘻地说：“你好好听听我的声音，还敢说不认识我吗？”

我仔细琢磨了一下，恍然大悟：“你就是让我到这里取促销广告的那个人吧？”

钱科长点了点头，对王科长说：“我认识老刘，他是我安排到我家里取促销广告的，不可能是小偷！”

王科长笑了：“凭什么断定他不是小偷呢？老钱，你搞财务管理有一套，但搞治安保卫、案件侦破，恐怕还是我更在行一些。”

钱科长说：“您小瞧我了！我不但断定老刘不是小偷，而且还可以断定，我们那个单元没有一户被盗！”

王科长惊讶地点了点头：“您说得一点也没错，被盗的那几户居民确实不是你们那个单元的，而且还有一个特点：都是全家外出旅游去了。”

钱科长得意地说：“这就对了。你想啊，现在上门送促销广告的这么多，如果连续几天不在家，促销广告就插满了防盗门，小偷单凭这一点，就可以判断出哪家好下手、哪家不好下手。要不是我聪明，提前做了谋划，我们那个单元肯定也要有几家倒霉的！”

我不解地问钱科长：“你既然认识我，又是花钱雇我办事，为什么当时不告诉我你的身份和目的呢？”

钱科长狡黠地说：“这都是出于周密布防的考虑！都说

收废品的比贼还厉害，你们那点爱占便宜的特性我还不了解？万一我告诉了你我的身份和目的，你动了邪念，把我家的防盗门给撬了，我岂不是引火上身、自找麻烦？”

我苦笑着摇了摇头：“你为什么选中了我呢？如果只是为了防贼，让传达室的这位大爷天天到你们家取促销广告，不是一样可以达到这个目的吗？”

钱科长瞄了那个老头一眼，趴在我耳边，压低声音说：“这老头老眼昏花，耳朵又有点聋，怪不得小区里经常招贼呢！告诉你吧，他是我们厂长的老岳父，谁敢使唤他干事啊？就是这次小区里受损失的住户，恐怕也不敢提追究责任的要求呢！我可不敢把自己的饭碗给砸了！”

钱科长一席话，解开了我心头的疙瘩。我抬头望了那老头一眼，他老人家好像什么事情都没发生一样，正笑眯眯地望着我们呢。

闪评：我们身边并不缺少聪明人。您如果肯动心思，这世上一定会多一个聪明人。也许，世事还应了这样一句话：糊涂是糊涂者的通行证，聪明是聪明者的墓志铭。

第三辑 招聘失败者

招聘失败者

这天，我正无所事事，忽然在报纸上看到一条招聘信息：鹏程集团公司欲招聘一名创业失败者担任办公室副主任，薪酬丰厚，并特别强调失败次数越多、经历越复杂的人员越受欢迎。

招聘失败者？

我不敢相信自己的眼睛，怀疑报社发错了广告，马上给鹏程集团公司打去电话核实。我的天，简直太好了，接线员小姐甜甜的话音印证了招聘广告的真实性！

我这个人经历十分复杂，在建筑队干过小工，在食品厂干过保安，在化肥厂干过推销员，还干过两年的市报记者。后来，又从报社辞职，成立了一家商贸公司，结果运作没几年，公司就跨了。而且，我到现在也没有结婚，不论在生活上，还是事业上，都经历了不少打击，是一个典型的失败者。还犹豫什么？我决定前去这家公司应聘。

一周后，我参加了鹏程集团公司组织的笔试，结果以第六名的成绩，和另外五名应聘者一起初选入围，将于下周三参加面试。

得知这一消息后，我又喜又忧，喜的是自己顺利通过了笔试，忧的是另五名入选者都是曾经风云一时的大中型企业的老总或者副总级别的人物，自己这次应聘的笔试成绩，在入围者里仅排了个末位，恐怕是凶多吉少。

很快到了下周三。

我们六个人准时赶到鹏程集团公司，静静地坐在走廊的沙发上，等候总经理和办公室主任两人的面试。面试的地点就在几米开外的那个会议室里。

我们这些人按笔试成绩，依次被排列为一号、二号、三号、四号、五号和六号。办公室主任出来喊了声“一号”，笔试成绩第一名的那个人，也就是一号，起身向会议室走去。

没想到他刚走到会议室门口，正想推门而入，两手忽然僵在了空中。几分钟后，他连门也没有进，掉头回来了，拿起自己的包，一言不发地走了。

过了一会儿，办公室主任又出来了，他拿眼睛扫了扫我们剩下的五个人，面无表情地喊道：“二号！”二号踌躇满志地站起来，迈着有力的步伐，向会议室走去。结果令我们大跌眼镜，和一号一样，他也是没有进门，阴沉着脸回来了。

最后，三号、四号和五号也是连门也没有进，都失望地离开了这里，最后只剩下了我一个人。

我忐忑不安："到底发生了什么事情呢？是什么原因导致先我面试的五位入围者铩羽而归？"事到如今，也顾不得多想了，我整了整衣服，大步向会议室走去。

刚来到会议室门前，忽然从里面传来总经理的声音："这些应聘者都是些超级傻蛋，还真相信我们会录用失败者？再说就是录用失败者也轮不到他们啊，我小舅子强奸未遂被判过两年刑，连强奸都干不成，他才是名副其实的失败者啊！"接着，又传来办公室主任讨好的声音："是啊，是啊，我们不过是借这次招聘之名，为公司做做广告，提高知名度罢了！"

啊呀，原来是这样！想想自己这几年失败的经历，本想来这里谋个好职位，没想到却遭此戏弄，不由得怒火冲天，所有的委屈一齐涌了上来。

我抬脚想把会议室的门踹开，向他们质问，发泄自己的怒火。可十多年的失败经历，使我冷静下来。

我抬手轻轻地敲了下门，门开了。

我平静地走进去，站在总经理和办公室主任面前，不卑不亢地说道："贵公司太令我们失望了！我们虽然都是失败者，但都堂堂正正，从没干过什么有损人格的事情。况且，我们只是一时的失意罢了，不会永远败走麦城。离开这里之前，我忍不住要提醒你们：'人都是有尊严的……'"

我刚说完这番话，总经理一把握住了我的手："小伙子，你说得太棒了！商场如战场，我们看中的不仅是你复杂的经历，还有稳定的心理素质和处事不惊的应变能力……刚才，你在门外听到的那番话，是我们故意设的套，没想到六个应聘者当中，只有你战胜自己，顺利闯过了关！恭喜你被我们公司录取了！”

闪评：成功的经验，是财富。失败的经历，也是财富。它们好比人生的双翼，能够助你顺利起飞，能够助你保持翱翔中的平衡。你如果不能辩证地看待它们，你就不是一名真正意义上的成功者。

孔乙己招聘

孔乙己因偷东西被人打断腿后，发挥身体优势，不久便成功地趟出了一条凭职业乞讨致富的路子。不过，孔乙己毕竟是读过书的人，不甘心做一辈子职业乞丐。如今，他果断地弃乞从商，如愿以偿盘下咸亨酒店。原来的酒店掌柜也被他聘为助理。

这天，咸亨酒店在《鲁镇晚报》上发布招聘启事："急招服务生数名……"我已从原来的单位辞职，看了这则招聘启事后，立即打扮一番，前去应聘。

因为孔乙己是当今名人，咸亨酒店又是著名品牌，初试那天，《鲁镇晚报》记者现场进行了采访。主持初试的掌柜咳嗽了一声，初试正式开始了。他很轻松地说："初试的题目很简单，只有一道，请你们回答：如今咱们真正的掌柜已经是总经理孔乙己先生了，为什么到现在我还使用掌柜这个称呼？"这难不倒我，我口齿伶俐，如黄河决堤，一泻千里地回答道："因为八十多年前鲁迅先生在《孔乙己》那篇文章当中并没有给世人留下您的真实姓名。"我的回答，被评为这次初试最机智的回答登在第二天的晚报上。

和我一同进入复试的还有其他四位应聘者。三天后，在咸亨酒店，总经理孔乙己亲自主持了这次复试。他坐在高档轮椅上，拿眼角扫了我们几个应聘者一眼，忽然指着其他四位应聘者，惊讶地问道："这几位仁兄，莫不是以前经常光顾咸亨酒店的甲、乙、丙、丁四位看客？"那四位应聘者相互看了看，回答道："不错，正是我们。因为长时间当看客，光看不做，所以下岗了。"

孔乙己挥了挥手，高声说道："现在，请参加复试的人员回答第一个题目：咸亨酒店经营的主要产品有哪些？"这个题目好回答，鲁迅先生已经在他那篇文章里给我们交代得十分清楚了。"黄酒、盐煮笋和茴香豆。"我们几位应聘者异口同声地喊了出来。孔乙己满意地点点头，说："不错，黄酒、盐煮笋和茴香豆，这三样确实都是我们咸亨酒店的当家品牌。看来，各位对本店的经营项目十分熟悉。下面，是一道技能测试题，请大家务必如实回答，不要有所顾虑。请问，五位先生当中，哪位有高超的窃书技能？"这可是个古怪的题目，不过，越是这样奇特的题目，回答就必须越精灵古怪。我一边想着，一边果断地举起右手。紧接着，甲看客和乙看客犹豫了一下，也跟着举起了右手。

孔乙己向我们招招手，满面笑容地解释说："窃书是咸亨酒店即将推出的具有个性化的新型服务项目。顾客可以在咸亨酒店的书店里随意窃书，只要不被我们的员工发现，就可以据为己有；反之，如果被我们的员工发现了，顾客必须支付三倍于书价的赔偿金。为此，我们采取以毒攻毒的策略，规定我们的员工也必须具备高超的窃书技能，以便更好地实施我们的反窃书计划……很遗憾，丙、丁两位看客显然不具备这项技能，所以他们落选了。下面，请具备这项技能的三位先生到柜台这边来！”

等我和甲、乙两位看客在柜台前站好后，孔乙己侧身向后面一指，说：“这个柜台就是当年我和鲁迅先生切磋写茴香豆的茴字的地方。这次复试的第三个题目是：请你们说说茴香豆的茴字有几样写法？”甲看客抢先回答：“四样！”然后，他伸出长着长长的指甲的食指，在柜台上的一碗黄酒里蘸了蘸，写下了四样带有不同部首的茴字。孔乙己连看也没有看，摇了摇头。

“现在的汉字都标准化了，当然就只有一种写法！”乙看客一边肯定地回答着，一边也蘸着黄酒，在柜台上写下了一个大大的标准的茴字。没想到孔乙己还是失望地摇了摇头，并郑重地说道：“世上的招聘本来没有难题，参加招聘的人多了也就有了难题。请大家原谅我们出这么难的题目……”

此时，大家的目光一齐聚集到我身上。我顺手端起柜台上的一大碗黄酒，“咕嘟咕嘟”全倒进肚子里，连气也没有喘一口，声若洪钟地回答道：“总经理说茴香豆的茴字有几种写法就有几种写法！”

我出色的回答立即引来一片掌声，孔乙己快速转动轮椅走上前来，激动地一把握住我的双手：“伙计，我们终于找到您了！天才呀！”《鲁镇晚报》记者也不失时机地记录下这个振奋人心的场面。之后他大着胆子，破天荒地提出一个从来没有人提过的问题：“总经理先生，现场的群众说你们这次活动是假招聘之名，行宣传之实。因为你们发布的招聘广告说是急招服务生数名，可是最终只录取了一人。多乎哉？不多也。请问总经理先生对此做何种解释？”“毫无疑问，这是精品！”孔乙己把半截身子又直了直，看了看我，不断点头说，“不少不少！少乎哉？不少也。”

招聘轰轰烈烈地结束了。自此以后，我长久没有接到去咸亨酒店上班的通知。到了年底，老婆说：“上班的通知怎么还没来？”到第二年的端午，老婆又说：“上班的通知怎么还没来？”到中秋还是没有来，再到年关也没有来。

直到这篇稿子写成了，我现在终于没有接到去咸亨酒店上班的通知——大约它的确流产了！

闪评：招聘这事，对出局的人来说，太残酷了！现在是你面试我，我等着挨踹。放下这悲催不说，等什么时候，换作我面试你，上演一出咸鱼翻身的励志剧，这才是应聘者至高无上的梦想。

诚聘庸才

二憨到城里打工。因为长相丑陋，没有才能，只好在一家制药公司谋了个打扫卫生的差事。

这天，二憨在一张旧报纸上看到一家网络公司的招聘启事："高薪诚聘庸才……"这本来是网络公司吸引公众眼球的一次恶搞，可二憨却想不到这一点。他认为自己能力平平，够得上庸才的标准。眼下机会来了，说不定可以咸鱼翻身！他看了看招聘日期，当天是最后一天，就请了假，急匆匆向网络公司赶去。

网络公司办事效率挺高的，老总亲自对二憨进行面试。他只问了二憨一个问题："请问先生，您是庸才吗？"二憨不满地回答说："我当然是庸才了，不是庸才来你这里干什么？"网络公司老总乐了："先生，凭这句话就可以断定，您不是庸才！"

二憨瞪大眼睛说："咋了？你凭啥认定我不是庸才？"网络公司老总没有直接回答二憨，反而问道："除了你之外，你们公司有没有公认的庸才？"二憨说："有啊，当然有！我们公司后勤科的科长王麻子，是公司老总的小舅子，啥本事没有，还光喝酒误事，大家都说他是庸才。"网络公司老总说:“那能麻烦你把王麻子喊到这里来吗？”二憨说:“这好办，王麻子是我的铁杆酒友。”

二憨当即以喝酒为名，打电话把王麻子喊了过来。

网络公司老总打量了王麻子一眼，笑眯眯地问道：“请问先生，您是庸才吗？”王麻子一听火了，他可不管眼前这位是谁，张口骂道：“你他妈的才是庸才呢！你们全家都是庸才！”网络公司老总指着王麻子，冲二憨说道：“庸才从来不会承认自己是庸才！你瞧，这位才是货真价实的庸才呢！”

正说着呢，王麻子抓起身边的凳子，冲网络公司老总和二憨抡了过去:“谁他妈的再说我是庸才，我跟谁拼命！”

闪评：庸才未必是无用之才。天生我材必有用，天生庸才也必有用。这不，机会来了，有人诚聘庸才，你要以天大的勇气承认自己是庸才，然后再以百倍的努力，证明自己是庸才——完成这项不可能的任务，你还算是庸才吗？

授人以欲

有位工人师傅，在工厂里干铆工，工资不多，也就八百多一点。

妻子下岗后，他自己买了台小型豆汁机，在闹市街头给人家磨豆汁，一天也就挣个十块八块的。夫妻俩没钱买楼房，带着女儿住在简易的、低矮的破瓦房里。他们省吃俭用，一个月的收入，勉强能够维持一家人的生活。

他们一家人，过的可以说是典型的清苦的小市民生活。

离他们家不远处,刚建成了一家文具超市。每个星期天，这位工人师傅都要领着他们的小女儿，到这家文具超市里去转一圈。

文具超市里的文具琳琅满目，非常精美，而且价格也不菲。女儿站在文具架前，爱不释手地抚摸着那些诱人的文具，脸上总是露出非常羡慕、渴望的神情。

这位工人师傅带女儿来文具超市的头几次，售货员以为他们在为购买哪款文具而犹豫不定、取舍不决。但是，当她靠近这父女俩，热情地向他们讲解、推荐某一款的文具时，父女俩总是微笑着，不置可否。

售货员对他们的行为深感困惑，随后摇摇头走开了，索性任由他们在那里观看。

自从这家文具超市开业几个月以来，这位工人师傅说不清带着女儿到这里来过多少次了。可是，在这家超市里，他从来没为女儿买过一样文具。

离他们家不远处，还有一家本市最豪华的星级大酒店。无独有偶。这位工人师傅，也是经常带着他的女儿到大酒店里去玩耍。

在这家大酒店的门厅里，他的女儿特别喜欢去坐那些宽大的沙发，小心翼翼地去感受它们的柔软、舒适与华贵。有时候，她还非常喜欢趴在沙发扶手上，专心致志地观看那些服务生热情地招呼客人，为客人们提供各种周到的服务；或者观看服务生靠在柜台上，一丝不苟地磨咖啡。

有一次，一名服务生终于忍不住了，好奇而又友善地问这位工人师傅："不消费为何总带女儿来这里？"

工人师傅笑了笑，憨厚地说："你问得很好。我们虽然没钱在这里消费，但是，我们想给孩子一个希望，想让孩子知道世上有那么多的美好和富足等着自己去努力，去追求……"

那一刻，服务生的心窝里溢满温暖，眼睛禁不住湿润了。她为这位工人师傅教育孩子的独具匠心所感动，更为眼前这个正在健康、茁壮、幸福成长的孩子而感到庆幸着、鼓舞着。

我们常说，授人以鱼，不如授人以渔。

读了这位工人师傅和他女儿的故事后，这句俗语的外延应当有所扩展：授人以渔，不如授人以欲。

当然了，这里所说的“欲”，并非贪欲，而是指一个人所应具有的开阔眼界和永不衰竭的进取心。不论你是贫穷，还是富有，一旦缺少了这种正常的“欲”，人生的一切将无所依附、无从实现。

闪评：鱼和渔，分别对应着结果、方法。欲，是更高层次的动机，是植根于内心的兴趣、愿望和为之而努力的激情。

谎花也美丽

大学毕业后，他在没有任何背景的条件下，开始到社会上闯荡，不料却经历了种种的挫折。

他先是通过劳务市场进了一家机械厂。他是学文秘专业的，没想到到了厂子以后，厂里安排他去干了铆工，在尘土飞扬的车间里抡大锤、对接筒体。

这一干就是三年多，厂里的大学生多如牛毛，老板丝毫没有重用他的意思。他终于忍受不住了。在一个静悄悄的冬日，他离开了踏上社会之后的第一个伤心地，坐火车南下来到了深圳。在这座繁华的都市里，他应聘到一家杂志社做了一名编辑。这是一次难得的机遇，也是一个崭新的挑战。他胸中重新又燃烧起了希望之火，加倍地努力，加倍地付出，首次接手的两个策划稿件脱颖而出，巩固了他在杂志社的地位。

就在他的芝麻人生一节一节地开花的时候，投资商突然撤出，杂志陷入了资金困境，不得不做出停刊的决定。喝完散伙酒的当天，他开始寻找新的出路。

十多天后，他被一家房地产开发公司录用为文字秘书。在这家公司工作了三个多月后，他没拿到一分血汗钱。这时，他才弄清了底细：这是一家以骗取员工廉价劳动力、拖欠员工工资而闻名的“空壳公司”。

努力总是付诸东流，辛苦总是收获失望。自己怎么就这么倒霉呢？他孤零零地一个人躲到酒吧里，喝得酩酊大醉。

几天后，他两手空空，黯然神伤地离开了那家房地产开发公司，回到乡下做暂时的心理调整。

在乡下的庭院里，他喝着母亲为他熬的小米粥，眼睛禁不住湿润了，继而当着母亲的面放声大哭，把所有的委屈都释放了出来。母爱总是宽厚的，默不作声地接纳他所有的情绪。

第二天，他随母亲到瓜地里干活。几棵瓜秧顺着地堰，交错着、蜿蜒着、扩张着布满了地面。星罗棋布、高高举着的钟形的花儿，散发着金黄色的光芒，格外温暖人心。时光在眼前蓦地一晃，他想起了小时候在瓜地里捉蜜蜂的情形。

望着他沉醉的样子，母亲亲切地摸了摸他的额头，问他是不是想起了小时候和自己在瓜地里的对话。那时候，他大约有十一二岁的光景吧。年少的他仰着头问母亲：“瓜秧上开了那么多的花儿，有很多却是不结果的谎花，提前摘去它们不是能够节省养分，多供给那些能结果的花儿吗？”

过去的场景清晰地浮现到了他的眼前，记得母亲的回答是非常简单明了的：“傻孩子，没有结出瓜以前，我们怎么知道哪一朵花儿是谎花呢？”

回想起往事，他的心灵禁不住微微一颤，他蹲下身去，轻轻地亲吻起了离自己最近的一朵花儿。

从瓜地回到家里后，他马上打点行囊，重新离开了家乡，开始了新一轮的寻觅。

因为这次回乡的经历使他终于想通了：努力使花开。努力的过程就是花开的过程。人生会有很多花儿开放，没有人会提前预知哪一朵花儿是谎花。同样的，人生的努力有许多，也不能够完全预料哪一种努力会结出硕果，但在众多的努力之中，总会有结出硕果的那一次。永远不要因为自己的人生当中出现了一朵、两朵甚至更多的谎花而悲观、失望，从而丧失了前进的动力或者否定自己的一生。

这次回乡，时间虽短，却使他明白了这样一个道理：人生中的谎花，其实也是很美丽的，它们至少点缀了你的梦境，甚至铺垫了你的成功之路，让你的人生开得茂盛无比，一片灿烂。自此，他满怀希望，义无反顾地融入了茫茫人海、滚滚红尘之中，与命运开始了不懈的抗争。

闪评：有提前识别“谎花”的能力，固然好。如果没有这种能力，那你就大胆地开，尽量地开，能开几朵就开几朵，能开多茂盛就开多茂盛，能开几种颜色就开几种颜色，总有一朵花儿能结出瓜果吧！

甩不掉的包袱

有一位商人，住在一幢豪华的别墅里。这位商人非常富有，不愁吃穿住行，每天过着逍遥自在的日子。

不知什么时候，也不知从何处，来了一个衣衫褴褛的乞丐，在别墅附近的十字路口滞留下来。商人每天都会在那个十字路口遇到这个乞丐。乞丐每次看见商人后，总会主动地迎上来，可怜巴巴地央求说："大好人！大善人！可怜可怜我吧！我不幸流落到这里，连回家的路费都没有了……"

商人打量了乞丐一眼，将手伸向了口袋。可是，在一瞬间，他又犹豫了一下，心想："这个乞丐要是骗子怎么办？我这么聪明的人，怎么能够让一个小小的乞丐蒙蔽了心智呢？"想到这儿，商人把手从口袋里抽出来，一言不发地离开了那儿。

谁知离开十字路口以后，商人又后悔了："那个乞丐如果真的需要我的帮助呢？我这么见难不帮、遇弱不扶，是不是太冷漠、太残忍了？"就这样，商人的灵魂在帮与不帮、扶与不扶之间纠缠着、徘徊着。打那天起，他每遇见那个乞丐一次，就要重复忍受一次心灵上的折磨。

商人感觉精神快要崩溃了。他再也无法忍受这种折磨，找到了仁慈的上帝。上帝怜悯地望着商人，开导他说："你有那么多的财富，何必要吝啬呢？折磨是沉重的包袱。给那位可怜的乞丐一些金币吧，这样，你或许会把身上的包袱甩掉！"

商人听从了上帝的劝告，再次遇到那个乞丐的时候，他掏出一大把的金币，递给了乞丐。这些闪耀着诱人的亮光的金币，足以作为乞丐回家的路费，并且完全可以帮助乞丐维持几个月的生活。商人回到家里以后，果然感到心中无比的轻松与惬意，重压彻底从他的身上消失了，他已经把那个叫作"折磨"的包袱从身上甩掉了。

可是，那个叫作"折磨"的包袱并没有从世界上消失。原来，那个乞丐真的是一个骗子，他向商人倾诉的一切，都是经过精心编造的谎言。商人走了以后，他捧着那把金币，被商人的慷慨解囊所感动。他开始静下心来，反省自己所做的一切，开始对自己的谎言感到焦虑不安。不知不觉间，从商人身上甩掉的那个叫作"折磨"的包袱，沉重地压在了乞丐的身上。

乞丐最终无法忍受这种折磨，他捧着那把一个子儿也没有来得及花掉的金币，也找到了仁慈的上帝。上帝满怀同情地听完乞丐的倾诉，点化道："现在，你手中的金币并不属于你，属于你的只有谎言！去吧，把不属于你的金币归还给它们的主人，把附在你身上的谎言换成辛勤的劳作，你也可以如愿以偿，甩掉身上的包袱！"

乞丐幡然醒悟，辞别了上帝，找到那位商人，把金币还给了商人，并且当着商人的面发誓：自己今后一定要诚实做人，靠辛勤的双手创造美好的生活。商人深受感动，他通过乞丐的转变，再加上自己的切身体会，更加感受到上帝的仁慈与力量。他渴望再见上帝一面，以便能够当面致谢。于是，他拉着乞丐，再次来到了仁慈的上帝面前。谁知，这次上帝并没有像上次那样热情地接待他们，而是皱着眉头，在孤独地、痛苦地思索着什么。

商人和乞丐对上帝的行为感到非常不解，禁不住异口同声地问道：“仁慈的上帝啊，您为何判若两人？请告诉我们，这到底是怎么回事？”

只见上帝抬起头来，扫视了商人和乞丐一眼，充满无奈与迷茫地回答说：“你们以为那个叫作‘折磨’的包袱果真从世界上消失了吗？我的职责是解救众生，消除痛苦。如今，人间风平浪静、歌舞翩跹，众生甩掉了身上的包袱，他们的身体解放了，灵魂自由了，我却无事可干，面临着失业的危险。结果，它趁机来到了天堂，沉重地压在我的身上，无时无刻不在折磨着我，导致我坐卧不宁、寝食不安。我现在正琢磨着怎么甩掉这个包袱，好让它重新降临人间！”

闪评：所谓的包袱，很多时候是我们自己主动背上的。如果你心无杂念，问心无愧，包袱也就不成其为包袱。

玻璃天花板

五年前，我参加了南方某商贸公司举办的招聘会。在这次招聘会上，我不仅认识了山东老乡大光，而且和他一起被公司录用，同时成为这家公司营销部的营销人员。

我和大光都来自山东农村，进入这家公司后，我们相互鼓劲，相互促进，吃苦耐劳的优点得到充分发挥。一年下来，我和大光成了相互信赖、无所不谈的知心朋友，还双双被公司评为年度业绩最突出员工。

消息传来，我别提有多高兴了，连夜赶制出一份营销计划书，准备呈交给老板。可是，当我把这个想法告诉大光后，大光重重地叹了一口气，语气沉闷地说："老是这样在全国各地跑来跑去也不是办法，我们不知道什么时候才能够结束这种漂泊生活？"我劝说道："我们这样不是很好吗？虽然苦了点、累了点，但一个月下来，也能拿2000元左右的工资，在老家到哪里去找这样的工作啊？再说了，我们干好了，说不定老板一高兴就会提拔我们当营销主管呢！"

大光又叹了口气说："老兄，你太天真了！我在报纸上看过一种'玻璃天花板'的理论，用到我们身上也挺合适的。像我们这种打工仔，没有根基，学历又低，那些高职位就像放在玻璃天花板上的肥肉，对我们来说是可望而不可及的。”我逐渐被大光的话语打动了，不由自主地问：“你说得有道理。比如我们现在的营销主管吧，他的管理理念那么先进，业绩那么突出，看来我们是很难超越他了。”大光两眼放射出希望的光芒，望着我说：“今天我在报上看到市里新成立的一家大型电器公司正在招聘副总和营销主管，不如我们一起跳槽走人吧，那里的发展空间更大！”我当即和大光约定：这事就这么定了！

第二天一大早，大光拿着辞职书先进了老板办公室。半个小时后，他出来了，微笑着望了我一眼，那表情好像是在说：“该你了！”我毫不犹豫地拿起自己的辞职书，敲开了老板办公室的门。老板冲我笑了笑：“有事吗？”我把辞职书递给老板：“我想辞职。”老板惊讶地站起来：“为什么呀？能不能再考虑考虑？你和大光可都是我十分器重的员工啊……”没等老板说完，我语气坚定地说：“谢谢您对我们的培养和信任。这件事情可是我和大光共同决定的啊！”

“什么？大光也要辞职？”老板转手从办公桌上拿起一叠资料，说，“不可能吧？你看看这份营销计划书，这是今天早上大光刚刚交给我的。”

我接过一看，惊呆了，大光这份计划书的创意和我那份计划书一模一样！我立即明白了是怎么一回事：大光是要把我当作竞争对手而挤走啊！

从老板那里出来后，大光不失时机地走过来，拍着我的肩膀，迫切地问：“怎么样？办成了没有？”我内心由然而然地为大光生出一种悲哀，但又不忍心当面戳穿他的鬼把戏，只好故作沮丧的样子说：“真不巧，老板没有批准我的辞职！”大光十分失望地说：“是吗？我的也没有批准。这回我们都走不成了！”

结果，我继续留在那家公司，工作也更加卖力，获得了公司上下的一致好评。两年后，原来的营销主管打破了他头顶上的“玻璃天花板”，成了公司的副总。我也跟着打破了压在自己头顶上的“玻璃天花板”，登上了营销主管的宝座。而大光，因为那次辞职事件失去了老板对他的信任，自己又一味沉浸于排挤同事的无聊游戏，荒废了业务，最终被公司辞退了。

至今，我还时常想起不知去了何处的大光，是这位老乡意外助我打破了头顶上的“玻璃天花板”，也使我明白了一个道理：只有靠自己孜孜不倦的努力，“玻璃天花板”才有被打破的可能。

闪评：阴谋诡计虽能重创天真无邪，但天真无邪有时候也能打败阴谋诡计。要阳谋，不要阴谋。做阳谋高手，不做阴谋小人。

最佳辩手

事情发生在三年前。我从某大学营销系毕业后，毅然来到南方的一座城市闯天下。在这座全国知名的大都市里，我参加了一家大型空调超市组织的招聘会。

参加招聘会的当天下午，这家大型空调超市的总经理和我进行了面对面的谈话。

他满面笑容地问："您就是那个非市场主管不干的大学生？"我点了点头。他接着又问："你都有哪些特长？不妨说来听听。"

"我是营销系毕业的大学生，不仅精通现代营销理论和技巧，而且还曾经参加过多次全国性的辩论大赛。"我口若悬河地介绍道，"在去年的一次大学生辩论赛当中，作为正方的辩手之一，我荣获最佳辩手称号。赛后，赞助企业突发奇想，让正方和反方互换角色，尝试用对方的观点，再进行一次辩论。出人意料的是，在互换了角色之后，我仍然获得了最佳辩手的称号。"

"很好！您的条件特别符合我们公司的要求，您确实是个不可多得的优秀人才！"总经理满意地点点头，"不过，我们还要给您出一道考题，不知道您有没有信心闯过这一关？"

我充满自信地点点头。随即，总经理领着我来到超市的营业大厅，指着一个营业员说道："现在，由您来代替这位女士做营业员，一个小时之内，您必须合理地为公司创造出良好的经济效益与社会效益。这就是我们给您出的考题。一个小时之后，我们将根据您的现场表现，最终确定是否录用您。"

说完，总经理看了看表："现在是 10 点 30 分，如果没有什么疑问的话，您可以开始了！"

随着总经理的话音刚落，我立即礼貌地打了个手势，请那位女营业员离开岗位，干净利索地代替她进入了营业员的角色。

营业大厅里人来人往，顾客络绎不绝。我拿出自己在大学里学到的营销知识，热情洋溢地向顾客做着生动有趣的解说。半个多小时过去了，渐渐地，我有点失望了。因为我发现，今天到这里看空调的顾客倒是不少，可是到现在为止，仍然没有一个流露出打算购买空调的意愿。这可如何是好？我心急如焚！

时间一分一秒地流逝着。

忽然，从外面进来一位五十多岁的老先生。他在营业大厅里转了几圈，最后在我面前止住脚步，望着一台空调说："这台空调不错，装在卧室里既大方，又美观！"我内心一阵惊喜，马上拿出参加辩论赛的本领，锦上添花地给老先生做了一番解说。老先生十分满意，连声说："不错，不错，这台空调我买了！"

我满脸喜悦，急忙领着老先生前去付款。开好交款单据后，我一看表，正好是 11 点 30 分，已经到了总经理要求的最后时限。我长吁一口气，心想：“还好，终于赶在规定的时间内完成了任务！”

就在这时，总经理突然从一边站出来，满脸歉意地说：“对不起，老先生！这台空调我们不能够卖给您。”

什么？已经卖出去了的空调竟然不想卖了？是我们听错了，还是这台空调有毛病？我和老先生都愣住了。

“现在我来当一次反方！这台空调确实不能卖给老先生！”总经理看了看老先生，又看了看我，微笑着解释道，“因为它是落地式空调，占地面积比较大。刚才我也听到了老先生的介绍，他家的卧室面积好像不大，我想还是这种壁挂式空调比较适合他现有的居住条件。”

听了总经理的解释，老先生连连称是，高兴地重新选择了一台壁挂式空调。

送走老先生，我不解地问总经理：“那台落地式空调价格更高，把它卖给老先生，不是可以赚取更多的利润，直接为公司创造出最佳经济效益吗？”

“作为正方，您又说错了！顾客永远是我们的衣食父母，如果把不适合顾客的产品推销给顾客，不仅会给公司的形象带来潜在的负面影响，而且还将会危及到公司未来的利益。这种捡芝麻丢西瓜的短视行为，是商家的大忌，我们是不会去做的。”总经理呵呵笑着说，“看来，今天的最佳辩手非我莫属了！小伙子，剩下的话我就不多说了，自己慢慢地体会吧。我希望您今后无论在哪里高就，都要记住我今天对您说过的这些话啊！”

招聘会成了辩论会，当了这么多年的辩手，这一次我输得心服口服！

闪评：卖得出去，并不代表卖得合适。这就像嫁得出去，并不代表嫁得合适一样。既卖得出去，又卖得合适；既嫁得出去，又嫁得合适。这样两全其美的事，当然是你我所盼的。

两袋牛奶

十八岁那年，我和同乡阿贵来到人生地不熟的广州，在人才市场转悠了一个多星期，也没有找到合适的工作。

我百无聊赖地翻看着当地的晚报，上面的招聘信息没有一条能够吸引住我的目光。我干脆把晚报扔在一边，闭着眼睛想起了心事。阿贵把晚报捡起来，看着看着，兴奋地念出了声："家家乐奶业公司招聘市场主管一名，待遇优厚……"

我不屑地说："我们才高中毕业，这样的好职位连想也不用想！"阿贵却说："我们不妨去试一试。以你争强好胜的性格，难道不想和我竞争一番吗？"

阿贵的话激起了我的斗志，我们按照晚报提供的地址，来到家家乐奶业公司。没想到被一瓢凉水当头浇了下来，公司的刘经理告诉我们："市场主管一职已经有了合适的人选。"

我拉了拉阿贵衣服，示意马上离开这里。

刘经理见状微微一笑："小伙子，先别忙着走！市场主管的位子虽然没有你们的，但是我们这里还需要一名送奶工，不知道二位肯不肯屈就？"

我正想推辞，阿贵却一口答应下来："我们愿意干！不过，您也说得十分清楚啊，贵公司目前只需要一名送奶工，我们两个人不可能都留在这里干吧？"

刘经理说："就是让你们两个都干！我这里有两个相邻的小区，你们每人暂时负责一个小区的送奶业务。不过，一个月的试用期结束后，你们当中就只能留一个人了。留下的这个人负责两个小区的送奶业务，报酬也将增加一倍。"

从刘经理办公室出来后，我埋怨阿贵："为什么不跟我商量商量就答应做送奶工？再说了，又是两个人竞争这么一个小岗位，这不是大材小用吗？"阿贵说："反正暂时也找不到合适的工作，不如先试一试吧。"

我和阿贵负责的这两个小区都是新近开发建设的，吸引了不少奶业公司前来抢占市场，家家乐奶业公司即是其中一家。刘经理告诉我们，我和阿贵向各自的小区投放的牛奶分别是 120 袋、150 袋。

半个小时后，我骑着送奶车来到我负责的那个小区。到了小区内，我才发现奶业公司之间的竞争远远超出我的想象，有的楼门口一面墙壁上居然密密麻麻地挂了七八家奶业公司的奶箱。大约用了三个多小时，我按照各家订购的数量，把牛奶投放到奶箱里。送完牛奶，最后一清点，发现还多出两袋。我想，怎么会多出两袋呢？管它呢，留着自己喝吧，晚上喝一袋，早晨喝一袋，也省得再买饮料和早餐了。

一个月的试用期到了，我和阿贵都爱上了这项工作。虽说苦点累点，比在老家土里刨食出息多了。

这天，刘经理把我们喊过去，郑重地说："试用期结束了，经过严格的观察和考核，我们认为阿贵最合格！"

"为什么？请给我一个信服的理由！"我十二分的不服气。

刘经理问："你每次投放的牛奶一共有多少袋呀？"

"当然是 120 袋了！"我脱口而出。

"那么，多出的那两袋牛奶到哪里去了？"刘经理接着问道。

我吞吞吐吐，面红耳赤地说："被……被我喝掉了！"

"那你呢？"刘经理又问阿贵，"是不是每次也多出两袋牛奶？"

阿贵点点头。

"那你说一下，你多出的那两袋牛奶是怎么处理的。"刘经理吩咐道。

"我采取免费赠送的方法，把多余的两袋牛奶都赠送给了没有订购家家乐牛奶的客户。"阿贵笑眯眯地说道。

原来，阿贵第一次到小区送牛奶的时候，也发现多出两袋，他灵机一动："何不把多出的两袋牛奶送给没有订购家家乐牛奶的客户，借以联络感情，推介产品。"一个月来，他一共把 60 袋家家乐牛奶放进了其他奶业公司的奶箱里。结果，到了月底，这个小区所订购的家家乐牛奶数量猛增，突破了 200 袋。

我心服口服地对阿贵说："祝福你用智慧战胜了我！"接着，扭头对刘经理说："也感谢您，虽然我这里跌倒了，但我要在另一个地方站起来！再见了！”

“请慢走！”刘经理突然说，“虽然你从总体上输给了阿贵，但是这一个月当中，你对工作兢兢业业、恪尽职守，而且和阿贵一样，没有发生客户投诉。所以，我们认为，您当这个送奶工也是合格的！”

我愣住了。

刘经理口若悬河地说道：“市场主管是一个具有挑战性的职位，需要先从送奶工做起，已有合适人选和那两袋牛奶只是我们设置的特别考题。阿贵是我们这次招聘中唯一连过两关，顺利通过市场主管考核的人。同时，我们也非常希望你能留下来，继续当这个送奶工！不屈不挠，永不服输，从细节做起，出奇制胜，是我们公司一贯的理念！希望你们好好领会并继续加以实践！”

闪评：成功的诀窍，往往是比别人多动一点脑子，多做一点努力。奇迹就发生在这一“点”，看你能不能抓得准。

第四辑　弱种子也要发芽

弱种子也要发芽

开阔、坦荡的田野里，一位农民正在种高粱。他把那些瘪粒种子一一挑出来，只拣饱满的种子种到地里。

这时，一位到乡下游玩的城里人，带着儿子路过这里。城里人的儿子第一次看到有人种庄稼，感到非常新鲜，拽着父亲停了下来，目不转睛地盯着农民的一举一动。农民宽厚地望了他们一眼，报之友好一笑，继续挑他的种子、种他的地。

城里人的儿子把嘴巴附在城里人耳边，父子俩嘀嘀咕咕了半天，不知在说些啥。

不一会儿，他们停止了嘀咕。城里人靠近农民身边，小心翼翼地恳求说："那些瘪粒种子，你把它们也种到地里好吗？"

城里人怎么会有这种想法？农民很奇怪。他摇了摇头，果断地说：“不可以！我指望着庄稼吃饭呢，瘪粒种子长出的庄稼怎么能保证产量？”

城里人回头望了儿子一眼，沉默起来。半晌，他以极其隐蔽的动作，掏出一张百元钞票，悄悄塞到农民手中，压低声音说：“因为一场医疗事故，我儿子的两个耳朵全聋了。在同龄的小朋友面前，他总是感到自卑。今天，他看到了那些被你抛弃在一边的瘪粒种子，感到很难过，就问我它们为什么受冷落，难道是它们不能发芽吗？……所以，我希望你把那些瘪粒种子也种到地里，给我儿子一次鼓励、一个希望。这一百元钱，就算是对你播种瘪粒种子造成减产的补偿吧。”

农民听了，心中一热，忙把百元钞票推了回去，毫不犹豫地说：“这钱我不能收！我这就把那些瘪粒种子种到地里去！你去告诉你儿子，我要把它们种在最肥沃的地段，因为它们发芽的欲望最强烈，我对它们的期望也最高。”

城里人感激地望了农民一眼，快步回到儿子身边，把农民的话告诉了儿子。儿子的眼睛像雨后的两片绿叶，立刻鲜亮起来。

这双灵性飞舞的眼睛，触动了农民的心事，他抹了一把眼角的泪水，以既夸张又慈爱的姿势，抓起了那些瘪粒种子。瞬间，其貌不扬的它们，纷纷从农民手中撒落，妥妥帖帖地躺在了新鲜、肥沃的土壤里。

城里人和儿子开心地笑了。等他们一离开，农民马上收拾家什，急匆匆向家里赶去。

农夫家中，有一个因车祸失去双腿的儿子。以前，他一直认为残疾儿子是一个废物，老是把他关在家中，不许他出门。

现在，农夫改变想法了。

“再弱的种子，也要发芽；再嫩的幼苗，也渴望长大！”作为一名种地的老把式，这个道理，他懂！

农夫决心拿出自己所有的积蓄，去最好的医院，为儿子安最好的假肢！他要让儿子开开心心地走出家门，大大方方地发芽、开花，直至结出属于他自己的、或大或小的果实。

闪评：后天的爱心虽难以修复先天的缺陷，但至少能够滋润成长的信念。如果您能做这举手之劳，请不要吝啬您的付出。

是谁欠我煤球钱

我上高三那年，父亲带着家里的全部积蓄，到一个很远很远的地方给母亲治病去了。还有八天就要参加高考了，他们还没有回来。我急坏了："到县城参加高考的路费和伙食费怎么办呢？亲戚那里父亲已经借遍了，再找他们是不可能了。"

我咬了咬牙，趁着星期天的工夫，去邻居家借了一辆地排车，到镇上挨家挨户地卖起了煤球。一天下来，我累极了。晚上，四仰八叉地躺在学校集体宿舍的木板床上，闭着眼睛盘算开了：今天卖出去了五车煤球，还有一户没给钱，说是让我第三天去取。一车煤球挣 25 元，五车煤球的钱都收上来，就能挣 125 元，参加高考的路费和伙食费就有着落了。

到了第三天晚上，我没有上晚自习，向班主任请了假，去要煤球钱。镇上的小巷黑咕隆咚的，我连着敲开了几户人家的大门，奇怪的是他们都说没有买我的煤球。我感觉一下掉进了冰窟窿："都快 9 点了，还没有找到欠我煤球钱的人，是不是自己记错了地点？"最后，我凭记忆又敲开了一家的大门。开门的是一位老奶奶。我哭丧着脸问道："老奶奶，是你家欠我煤球钱吧？”刚说完，我回想着自己遭受的委屈，忍不住放声大哭。老奶奶见状，动了恻隐之心，急忙把我让进屋内，给我泡上一杯加糖的热茶：“小伙子，不要着急，慢慢说，慢慢说。”双手抱着那杯热茶，一股暖流涌上我的心窝，我一五一十地把事情的经过告诉了她。

听完我的诉说，老奶奶轻轻地戳了一下我的脑门：“你看看你，怎么这么忘事？欠你煤球钱的，不就是我家吗？”“可是，那天买我煤球的是位大婶啊……”我疑惑地说道。老奶奶微笑着解释说：“噢，那是我儿媳妇！她今天晚上串门子去了，还没有回来。”说完，老奶奶颤巍巍地打开抽屉，拿出一张 100 元的钞票，转身递给了我。我连忙说 80 元就够了，又掏出 20 元找给老奶奶。没想到她坚决不要，还说：“小伙子，等考上了大学再来还我吧！”

高考前一天下午，学校里包租的客车来了。我正要上客车，和同学们一起赶往县城，忽然从远处急匆匆地赶来一位大婶。我一眼就认出来了：这位大婶正是那天晚上我要找的那个人！我正要向她表示感谢，并托她问候那位老奶奶。没想到她突然从兜里掏出 80 元钱，说：“小伙子，你让我找得好苦啊！那天，和你说好了去拿煤球钱，你怎么没有来啊？今天幸亏找到了，还好，没耽误你用钱！”说完，她把钱硬塞到我手里，转身走了，我一下子愣在那里。

不久，高考成绩公布了，我考了全县第二名，被北京一所知名的大学录取了。这时候，母亲也治好了病，和父亲一起回来了。我把自己卖煤球的事情告诉了父亲。父亲拍着我的肩膀，郑重地说："孩子，我们一定要好好地报答那位好心的老奶奶！"

等我和父亲拎了礼物，兴冲冲地赶到我卖过煤球的那条小巷，一下呆在那里：镇里搞小城镇建设，道路要拓宽，老奶奶一家早搬走了！我眼里含满了热泪，我可是连老奶奶的名字都不知道啊，甚至还没来得及亲口向她道一声"谢谢"。

闪评：人生有太多不求回报的付出，也有太多来不及道出的感谢。未被功利之心占据的心灵，一定会飞得更高，更远，更轻盈。

我儿回来了

小区内较为僻静的八号楼发生了盗窃案。这幢楼，除了一单元外，其余几个单元都有住户家中被盗。派出所的老王负责这个案子。好在案件很快破了，是一个盗窃团伙所为。审讯时，老王问贼王，作案时为何独独放弃了一单元住户？贼王交代说，不是我们不想偷啊，实在是因为这个单元住户家中都有人。

老王说不对吧，你们盗窃那天是周一，据我所知，当天一单元一些住户家中确实无人，都上班去了。你们避开一单元，或许一单元有你们的卧底，兔子不吃窝边草？

贼王大喊冤枉，苦笑着说，哪来的卧底？您知道，这个小区各个单元里安装的都是智能楼宇门。如果你要找101室的人，只要按下楼宇门的101键，101室内连接楼宇门的电话就响了，101室的人接听电话后，按下开锁键，楼宇门即可自动打开。那天来到小区八号楼前，我们一看乐了，正好可以借助楼宇门，弄清哪家有人、哪家没人，方便下手。一单元是我们的首选目标。真是倒霉，我从一楼的101键一直按到顶楼的602键，每家住户家中都有人，我们只好放弃了一单元。

老王对贼王的话存有疑虑，索性带着贼王来到了一单元现场。贼王站在楼宇门前，来了个情景模拟。贼王首先按下了一楼的 101 键，没多会儿，楼宇门里传来按动开锁键的“吧嗒”声。老王推了一下楼宇门，楼宇门果真开了。接着，又传来“吧嗒”一声挂断电话的声音。在老王的示意下，贼王又从 102 键一直按到了顶楼的 602 键。贼王每按一次，都会传来开锁和挂断电话的“吧嗒”声，据此判断，楼上每家住户家里都应该有人。可奇怪的是，他们为何都一言不发呢？

老王正低头琢磨着，一个年轻人匆匆从外面赶来，停在楼宇门前，打量了老王和贼王一眼，试探着问道，是不是一按键楼宇门就开了？楼上的人还不说话？

老王点了点头。年轻人说，对不起，这是我楼上的哑巴老娘给你们开的楼宇门……

老王皱着眉头说，小伙子，你娘不管来人是谁都给打开楼宇门，就不怕放进坏人来吗？

年轻人不慌不忙地解释说，我娘住在大山深处一个偏远的小山村。那里民风淳朴，从我记事起就一直是夜不闭户，路不拾遗。前些日子，我刚在这个小区买了房子，想请我娘到城里看看，于是把我娘接过来暂住几天。我娘虽是哑巴，心地却非常善良，乐于助人。平时我去上班了，她听到楼下有人按键叫门，每次都忍不住主动把楼宇门给打开。我想，我总不能像教育小学生那样教育我娘——千万不能开门哪，谁叫门都不能开，城里的坏人太多了！我不想污染我娘的心灵！我想让这个城市和城里的人们给我娘留一个好印象，让我娘回到乡下后，对乡亲们夸城里人的好……

老王听了年轻人这番话，一时无语。良久，才对着年轻人，不知是赞同还是责备地说道，你呀，你呀……

年轻人异常平静地说，也许，我对我娘的爱是自私的、极端的，但谁说这爱不是温暖的、善良的呢？

年轻人抬腕看了一下手表说，对不起，你们最后在楼宇门上按的是602键吧？我想，我的哑巴老娘早已开了门，在门口等我半天了。我得上去见她了……

老王和贼王对视了一眼，跟着年轻人，来到了六楼。果然，一位慈眉善目的农村老太太正扶着门框，眼巴巴地向外望着。看见年轻人上来，忙迎上前去，咿咿呀呀地打着手势。贼王略微懂得一些哑语，知道老太太这是在问候说："我儿回来了？"

贼王眼窝一热，扭头抹起了眼泪。在乡下，他也有一位老娘，由于自己忙于"事业"，好多年没能回乡下了。现在，他多想能够以自由之身回一趟乡下，看望一眼自己的老娘，听老娘惊喜的一声问候："我儿回来了？"

闪评：国王、贼王、开锁王、事业王、大王、小王……任何的王，都抵不过心灵之王。心灵善良，能够战胜邪恶。有了心灵善良这个王，你就是王中之王。

最美的明星

歌星丽娜参加老胡组织的义演团，去沂蒙山区一所小学义演。

村庄在深山老林之中。到了那里，众人才发现，哪有什么校舍，其实就是一所露天小学，一名教师和十几名学生挤在一棵大槐树下上课。山里娃见一下来了这么多明星，高兴得就像过年一样。

谁知演出进行到一半的时候，老天突然变脸，下起了零零星星的小雨。正在舞台上表演的那位女明星，怕脸上的妆被雨水冲掉，慌忙躲到了附近的一处悬崖下面。另外几位男女明星，怕被淋成落汤鸡，坏了形象，也一窝蜂似的拥到悬崖下面避雨。

山里娃正兴奋着哩，他们可不怕雨淋，眼巴巴地等着看节目。老胡见众明星罢演，心里着急，匆忙把教师拽到一边，低声问道，伞呢，有伞吗？教师搓着双手，窘迫地说，这伞，还真不好找哩。老胡皱着眉头想了想，转身向悬崖下面走去。

远远地望去，众明星骚动起来。老胡始终打着手势，也不知在同大家说些啥。

终于，又有歌星肯出场了。这位歌星，不是别人，正是丽娜。丽娜来到孩子们面前，一支歌接一支歌地唱着，雨滴落到她的脸上，蚯蚓般地犁开了脸上的粉妆。随着雨滴的汇集，丽娜完全素面朝天，有位眼尖的山里娃，甚至看到了丽娜脸上的雀斑。雨水中的丽娜，浑身感到一阵轻松，舞动如精灵，唱得也更加动情、更加来劲。

义演终于结束了，老胡也松了一口气。山区小学的师生，对这次义演还是比较满意的。按说，这事应该告一段落了。可是，演出当天，有位来山里采风的摄影爱好者，意外看到了丽娜冒雨演出的一幕，并且用相机拍下了一些镜头。这位摄影爱好者的心灵，被丽娜雨中义演的形象所震动。他以“最美的明星”为题，把丽娜冒雨演出的照片发到网络论坛上，众网友纷纷转帖，丽娜一下成了网络名人。

这时的丽娜，却突然找到报社记者，坦露了义演那天的实情。丽娜说，那天，其实没有一个明星肯冒雨演出。她呢，也不例外，最初的想法也是这样的。只是后来老胡许诺，几天后他将搞一次商业演出，谁肯冒雨给孩子们演出，他就把那次商业演出的机会留给谁。而丽娜当时急需钱用，很渴望得到那次商业演出的机会。出于这种考虑，她把雨中义演坚持了下来……

丽娜找报社记者的事，不知怎么被老胡知道了。老胡迅速与报社记者取得联系，取消了这次报道。可以肯定，老胡并没有给记者塞红包，他是这样说服报社记者的：“我不想让那些山里娃心里蒙尘。他们的世界里，需要最美的明星……”

不久，老胡他们义演的那所山区小学，收到了一份特殊的邮政汇款。汇款人的名字，大家都不熟悉，按汇款单上的地址去寻找，也是查无此人。可是那汇款单上的附言，却让大家的眼睛湿润了：“钱不多，盖间教室不知够不？另外，请转告孩子们，好好学习，好好做人！长大了，他们也会成为最美的明星！”

这笔钱是谁汇的？有人说是老胡，有人说是丽娜，有人说是那位摄影爱好者，有人说是那位报社记者，还有人说是某论坛某网友……渐渐地，说法也是越来越多，但都没有得到证实。倒是那间教室真盖起来了，名字就叫“明星小学”。打那时起，山里娃再也不用露天学习了。

闪评：最美是爱心；最真是天然。一个人可以远离冷酷，远离雕琢，唯独不能远离爱心，不能远离天然。

开一窗阳光

大路南边，有一片建筑工地。工地外面，围了一堵高大的院墙。院墙内，走动着建筑工人们忙碌的身影，响彻着搅拌机的轰鸣。

这条路，这片工地，还有那堵院墙，是五年级小学生小云从自己家到一所英语培训学校的必经之处。离小年还有十多天的时候，学校就放寒假了。为了充实寒假生活，小云报名参加了英语短期培训班。

这天早上，在去那所英语培训学校的路上，小云忽然发现，贴着那堵院墙的北面，停了一辆三轮车，三轮车一边的地面上，整整齐齐地摆了一排装有带鱼的纸箱子。原来，这里来了一个卖鱼人，他把带鱼箱子在地面摆好后，缩回墙根，紧靠在院墙上，裹紧了黄大衣，躲避迎面而来的寒风。

一连几天，小云都会在这个地方，看到那个卖鱼人。他总是缩在院墙北面，由于一整天照不到多少阳光，再加上北风肆虐飞舞着，阴冷穿透皮肤、侵入骨髓，使他看起来更像一截硬邦邦的树枝，显得非常弱小与可怜。小云禁不住走上前问道："叔叔，你为什么非得把鱼摊摆在这个地方呢？这地方多冷啊，你不如把鱼摊搬到路北去，在那儿，差不多一整天都能晒到太阳呢，那样你自己就暖和多了！”

小云关切的话语，让卖鱼人感到了温暖。他搓着双手，微微笑了笑，回答说："谢谢你啊，小姑娘！可是，你不懂啊，在这儿卖鱼，对我来说，是最好的地方。因为，这个地方很冷，带鱼才不会轻易化冻。如果把鱼摊摆到路北那儿，阳光暖洋洋地照着，带鱼不化冻才怪呢！”

这卖鱼人可真不容易啊！小云小小的心里暗自感叹着，忽然萌生了一个想法：她要把自己的零花钱攒起来，不再乱花一分，等攒够了60元，就拿这些钱去买一些带鱼，好让卖鱼人早点把带鱼卖完，早点回家过大年，不再缩在那里忍受无边的寒冷。

小年一眨眼过去了，眼瞅着大年的脚步声越来越近，小云终于攒够了60元零花钱。她早打听好了，这正好是一箱带鱼的价钱。她兴冲冲地来到卖鱼人跟前，小心翼翼地摸出那把零花钱，高高地捧在手里，大声说道："叔叔，我买一箱带鱼……”

卖鱼人吃惊地望着小云，还没等他做出反应，从工地的院墙内又走出了一高一矮两位民工。他们带着铁锤、钢钎等家什，来到卖鱼人身边，用卷尺在院墙上面比画了几下，做好记号后，挥动铁锤和钢钎，三下两下，就在墙壁上弄出了一个中规中矩的方形小洞。然后，又在上面装了一块玻璃，形成了一面异常简陋而又格外独特的窗户。

霎时，暖洋洋的阳光穿过明亮的玻璃，透过这面小窗，恰到好处地照射在卖鱼人身上。两位民工拍了拍卖鱼人的肩膀，友好地说道 ：“哥们，出来卖鱼挺辛苦的吧？我们老板也是从农村一步一步混出来的，刚才，他反复嘱咐我们，一定要给你把这面小窗开好，让你既能卖好鱼，也能舒舒服服地享受阳光的温暖。”

肯为别人开一窗阳光的人，心灵也一定如阳光般明媚。两位民工顺利完成任务，哼着小曲，一前一后返回了建筑工地。

小窗下，迎着明晃晃的阳光，卖鱼人笑了，小云也笑了。

闪评：把帮助别人当作乐趣，当作享受，是一种独特的人格建设。这种关爱之心与奉献之心，让阴冷的角落重新布满阳光。

新邻居

搬进新居的第一天晚上，大约 11 点左右，我们家的防盗门突然被敲得山响：“小三，快开门，我有急事找你！小三，快开门……”

妻子被惊醒后，推了我一把说：“这是谁呀？还不出去看看？”我披上衣服，打开门一看，门外站着一个胡子拉茬的中年汉子。他愣了一下，问：“这不是小三家吗？对不起，敲错门了。”正说着，对门的防盗门打开了，探出一个脑袋喊道：“二哥，敲错门了，我在这里呢！”中年汉子边转身边接着说：“小三，和咱一起干建筑的小工孙贵被楼板挤掉了三个脚指头，在医院里急救，正等钱用呢，我想先在你这里拿两千元钱救救急……”

我这才知道我们的新邻居叫王小三。搬进新居的第二天，妻子去社区登记时，还从李大妈那儿了解到，这个王小三的老家在一个偏远的山区，他自 18 岁就出来打工，辛辛苦苦地攒了些钱，最近在这里买了这套房子，把在农村的老婆孩子接了过来。虽说在城市里有了落脚之地，但是他们一家没有什么固定的经济来源，完全靠小三一个人干建筑养活一家三口。

搬进新居的第三天，恰好是女儿的生日。晚上8点多钟，我们点燃了生日蜡烛，刚合唱了一句“祝你生日快乐”，门外忽然传来断断续续的敲门声，夹着一阵嘈杂。我打开门后，发现门外站满了一群农村汉子。他们不知所措地望着我，尴尬地说：“错了，错了，我们是找小三的……”原来，这个小三是个热心人，因为在这里干建筑时间长了，建筑公司负责人信任他，时常让他帮忙给招些小工，家乡的很多乡亲于是就投奔他而来。

搬进新居的第四天晚上，妻子做饭时，发现煤气灶怎么也打不着火了。正在着急，门外传来了敲门声，我打开门一看，是王小三，忙把他让了进来。王小三刚坐下，又站了起来，机灵地说：“听嫂子打火的声音就知道你们的煤气灶坏了，我原先修过煤气灶，让我试试看……”三下五除二，小三很快把煤气灶给修好了。临走的时候，他客客气气地说：“其实，我是来向你们表示歉意的。这两天打扰你们了，尽给你们添麻烦。从今天开始，我在我家的门上做了记号……”

把王小三送到门外的时候，我一眼看见了他用红粉笔写在防盗门上的四个醒目的大字：“王小三家”！好一个热心、细心的新邻居，我心里禁不住一热。

闪评：遇到小烦恼，不要起烦躁。好好静一静，好好想一想，说不定会蹦出一个温馨的小办法，温和地把小烦恼赶走。

李二大爷

中秋节前夕，王主任安排我拟订一份走访本局离退休人员的名单。我问王主任："小李庄的李二大爷是否还安排在这份名单之内？"王主任不假思索地点了点头。

这个李二大爷，其实不是我们局的离退休人员，他只是小李庄的一位普通村民。从去年开始，我们就将李二大爷作为局里迎接上级检查的一个"闪光点"来培养。之所以称作"闪光点"，无非是局里无偿出资，派人把李二大爷家里的电力线路彻底整理，并对李二大爷本人进行规范地培训，每当有上级部门来我们局检查优质服务工作的时候，我们就把来人带到李二大爷家里，由李二大爷做慷慨、动情地陈述，人为地给我们局增光添彩。

当然，李二大爷的辛苦是不会白费的。作为回报，我们除了为李二大爷提供免费的电力线路维修服务以外，每年的中秋、春节两个传统节日，我们还将上门进行一次走访，另有礼品相送。

这天，我和王主任向皮卡车里装了满满一后斗的月饼，打算去走访一批离退休人员。我看了看当天的行程，名单里正好有小李庄的李二大爷。我们正要出发的时候，忽然接到小李庄电工组组长老许打来的电话，他问我："是不是最近要到小李庄走访李二大爷？"我说："是呀！"老许在电话里犹豫了半天，说："今年你们不用来了！"我不解，忙问："为什么？"老许"吭哧"了半天，才接着说："你们不用来了，因为……因为李二大爷已经于半个月以前去世了……"放下电话，我把李二大爷去世的消息告诉了王主任。王主任听后吃了一惊，叹息着说："这么好的人怎么说去就去了？"

我问王主任："还去不去小李庄？"王主任说："怎么不去？人不在了更要去！李二大爷的儿子还在，就把那箱月饼送给李二大爷的儿子吧！"

一个小时后，我们驱车来到小李庄村外。皮卡车正要继续穿过高粱夹道的乡间小路直插小李庄腹地，王主任突然喊了一声"停"。车子停下后，王主任抬手指着前方一个左手夹着斗笠、右手拨开高粱叶，正小跑着向高粱地深处躲避的背影喊道："你们看，那不是已经去世了的李二大爷吗？"我眨巴了两下眼睛说："像！简直是像极了李二大爷！"王主任瞪了我一眼说："还说什么像极了，真真切切就是李二大爷本人啊！电工组老许搞什么搞啊？小李庄我们不进了。小刘，你马上给小李庄电工组打电话，让老许过来说清楚！"

几分钟后，老许骑着摩托车，风驰电掣地赶来了。在王主任的逼问下，这个老实、憨厚的汉子嗫嚅着说："李二大爷已经八十多岁的高龄了，又有高血压的老毛病，经不住我们三番五次地打扰，所以我就帮他想了这么个办法……”

在高粱叶子沙沙碰撞的摩擦声中，老许低低的诉说声反而显得格外清晰，一阵阵地撞击着我们的耳膜。上了皮卡车后，王主任躺在车座上，沉默半天才沉重地吐出了一句话：“回去后告诉局长，李二大爷确实已经去世了……”

闪评：典型人物也有典型人物的烦恼。更多的时候，我们只看到他们身上的光环，而看不到他们背后的阴影。

给我个机会好吗

刘顺和小琴是一对小夫妻。结婚后，他们手头比较宽裕，就想找个山区的贫困孩子资助一下。

这年暑假的一天，他们开着小车，向一个名叫老猫窝的偏远山村驶去。两人早就和老猫窝村的村主任联系上了，打算到那里考察一下，如果有合适的资助对象，顺便就把资助这事儿定下来。可是，路上小车出了点故障，等修好小车，再赶到老猫窝村的时候，天已经上黑了。村主任忙把他们接到自己家里。

等吃了晚饭，刘顺和小琴提出把几个贫困孩子叫过来，让他们先看一下。村主任却说，村里几个贫困孩子都跟父母走姥姥家去了，不知啥时候能回来。刘顺和小琴感到有点突然，就问村主任，不是说好今天见见面的吗，怎么都走姥姥家去了？村主任支吾着解释了两句，也没听他说出个子丑寅卯来。这当儿，他忽然又咳嗽了两声，从里间里走出一个黑不溜秋的小男孩。小男孩手里端着一个竹篾筐子，筐子里放着几个纸团，只见他快步来到刘顺和小琴眼前，把筐子高高地举了起来。

这个小男孩长得实在是太丑了。小琴看了小男孩一眼，本能地后退了几步。想不到小男孩举着筐子，又紧跟了过来。刘顺不高兴了，忙挡在小琴前面，向村主任问道："干啥呀？这是干啥呀？"村主任干笑了两声，对刘顺和小琴说，既然孩子们都走姥姥家去了，干脆来个省劲的，直接抓阄得了，几个贫困孩子的姓名都写在纸阄里，抓到哪个就算哪个呗！刘顺冷笑了一声，你以为这是分宅基地啊？村主任的脸腾的一下红了，活像鸡冠子。他瞪了小男孩一眼，呵斥道："还不快出去？"小男孩白了刘顺和小琴一眼，气哼哼地把筐子撂在一边，低着头走了出去。村主任尴尬地赔着笑，说他一定会想办法，明天让那些贫困孩子回到村里来。

刘顺和小琴脸上的表情这才缓和下来。

村主任把刘顺和小琴带到村委大院的一间房子里，摁下开关，灯泡亮了。屋子里放着一张大床，床上铺着崭新的被褥。今晚刘顺和小琴就睡在这里。

村主任走了以后，刘顺和小琴在床上躺下来。两人刚说了会儿话，就听"哗啦"一声，窗子上的玻璃不知怎么被打碎了。透过昏黄的灯光，刘顺看到许许多多的蚊虫从破窗那儿涌进来。小琴躺的位置正好靠近灯泡开关，刘顺赶紧喊小琴把开关关掉。屋子里一下暗了，刘顺正想找样东西把破窗堵上，灯泡忽然又亮了，大批的蚊虫继续涌了进来。

刘顺忍不住责备了小琴一句。小琴委屈地说道，不是我摁的开关，灯泡是自己亮的！刘顺"扑哧"一声乐了，说道，小琴，你是不是换了环境把脑子换坏了，灯泡怎么会自己亮呢？小琴说你才脑子坏了呢，说着又摁了下开关，灯泡关掉了，屋子里暗了下来。谁知，只一眨眼的工夫，灯泡又亮了。刘顺不信这个邪，亲自过去摁了几下开关，真是邪门了，灯泡还是暗了亮，亮了暗，怎么也关不掉。没办法，两人只好裹紧床单，忍受着蚊虫的叮咬，在灯光下度过了难捱的一夜。

第二天一大早，村主任就来到了村委大院。小琴禁不住蚊虫叮咬，正在抓挠胳膊上的红疙瘩。村主任见窗玻璃碎了，又听说了灯泡自己发亮的事情，一下子火了。他冲进隔壁那间房子，从里面揪出了一个小男孩，“啪”的就是一巴掌甩了过去。小男孩一个趔趄，倒退了几步，差点栽倒在地上。刘顺和小琴看清了，这个小男孩就是昨天晚上端竹篾筐子让他们抓阄的那个。

村主任下手也真狠，这一巴掌在小男孩脸上留下了几个红红的手指印。小琴有点看不过去了，正要责备村主任几句，村主任先开口了，苦笑着说道：“你们可能不知道吧？你们住的这间房子，原来是仓库，隔壁那间房子，是看仓库的人住的。当初建房子的时候，为了看仓库方便，仓库这间房子里的灯泡，一共安了两个开关，一个开关在仓库里，另一个开关就在隔壁那间房子里。这两个开关，都能控制灯泡。想不到黑娃这个兔崽子，昨天晚上偷偷钻到隔壁那间房子里，对你们使了一夜的坏，搅得你们没睡好觉！”

原来是这样啊，刘顺和小琴对黑娃的同情心一下消失了。

不一会儿，村委大院里又来了四个孩子，和原先的黑娃一起，站成了笔直的一排。村主任蹲在地上，抽着旱烟，对刘顺和小琴说，全村就这几个贫困孩子了，从中挑一个吧。

刘顺和小琴围着这几个孩子，前后转了一圈，接着又凑在一起，窃窃私语地商量了一阵。最后，刘顺走到一个个头挺高、长得很帅气的小男孩前面，把他喊了出来。小琴把随身带来的学习用品，还有一个大大的红包，塞到了这个小男孩手中。除了蔫头蔫脑的黑娃以外，没有被挑中的孩子，都露出了羡慕的神色。

资助孩子的事情办妥了，刘顺和小琴告别了村主任，开着小车向村外走去。

小车驶到村外的一处拐弯时，路边忽然窜出一个小男孩，用力滚动着一块大石头，快速向路中央靠过来。刘顺赶紧来了个急刹车，小车还是撞在小男孩身上。小男孩缓缓地倒下了。刘顺赶紧下车，把小男孩抱了起来。这个小男孩居然是黑娃，他挣扎了一下，舔着嘴角的鲜血，吃力地说道："为什么城里每次来人，都挑不上我？连抓阄这么公平的办法都不让用，我恨死你们了！"

刘顺听了黑娃的话，心里"咯噔"一下。这时，再看黑娃，已经昏迷了过去。村长闻讯，飞快赶来。他们把黑娃抱上小车，向镇医院疾驶而去。

在车上，村主任抱着黑娃，呜呜地哭了："好黑娃，快醒来，爷爷、奶奶、爸爸、妈妈都不在了，你莫愁！城里人嫌你丑，每次都没人挑你，受资助的机会轮不到你，那是命，咱不能怨恨别人。大叔不嫌弃你，大叔能供你上学，娶媳妇儿……”

小琴的眼泪一下流出来，她轻轻地捅了捅刘顺，小声说道：“这个黑娃，我们也帮了吧！”

刘顺的眼窝里早溢满了眼泪，他狠狠地踩了下油门，像是悔恨，又像是自责，高声答道：“帮，怎么不帮？连黑娃在内，那几个孩子我们都帮了！”

闪评：成功者当中，并不乏当初不被看好的人。就像阳光照不大着的果子一样，最终也会成熟。你如果能给他一个机会，那就尽量给吧。

报恩

陷泥河边，陈大伯悠闲地遛着他的“黑鱼”风筝。

老伴鸡毛火促地赶过来：“刘枫那孩子来电话了，后天要来咱家！”

陈大伯“哦”了一声，开始收线，不停转动手中的线箍。“黑鱼”风筝徐徐下降。从一只不起眼的小蝌蚪开始，变得越来越大，直至气势逼人起来。等线收到头顶的时候，“呼”的落下，舒缓地铺陈在大地上，约有三米多长，很是醒目。

陈大伯望着“黑鱼”风筝，笑了：“这小子，还算有良心！”

回家的路上，混合着淡淡水草气味的清风缓缓吹来。陈大伯思绪翻腾。

他想起十几年前，自己和老伴省吃俭用，资助贫困学子刘枫完成了从初中到高中、再到大学的学业。本指望这孩子以后有个出息，自己脸上也有光，不料毕业后就再没了他的音讯。

这些年来，自家左邻右舍也有资助其他大学生的，眼见得人家资助的大学生经常上门走动，而自己门前却悄无声息、冷冷清清，自己和老伴再豁达，心里多多少少也会有那么一点想法。

眼下好了，刘枫就要来看自己了，自己当初的眼光总算没错，努力总算没有白费。想到这里，陈大伯的头高高地昂了起来。

昂首挺胸的陈大伯，一下吸引了很多人的目光。

“陈大伯这么高兴，捡到金子、银子了？”

“比捡金子、银子还高兴呢！我以前资助过的那个孩子刘枫有消息了，他要来看我们哩！”

……

“陈大伯以前资助过的那个孩子刘枫就要来看望陈大伯了！这孩子多年没露面，现在肯定是发达了，要来报恩了！”这消息裹挟着陷泥河两岸的清风，很快弥漫开来。

第二天，陈大伯没去陷泥河遛他的“黑鱼”风筝。他和老伴在家里洗洗刷刷、拖拖抹抹，把家里拾掇个干干净净、明明亮亮。

第三天，陈大伯也没去陷泥河遛他的“黑鱼”风筝。一大早，他去菜市场拎回一大篮子的新鲜蔬菜和瓜果。

下午2点多钟，一位衣着简朴、风尘仆仆的中年男人，提着一箱八宝豆豉，敲开了陈大伯家的门。陈大伯迎了上去。虽然时隔十几年，相貌有了很大变化，但陈大伯一眼就认了出来，眼前这人正是他曾经资助过的那个孩子刘枫。

多年不见，陈大伯和老伴想好好地招待一下刘枫，好好地和刘枫聊聊这几年的历练。谁知一杯热茶未凉，刘枫就推辞说，不麻烦大伯大娘了，一会儿我还要赶火车回广州，这次顺便路过这里，就是想来看看二老。

言语间，已有邻居涌进了小院。

“我该走了。”刘枫看了看手机时钟，把脚下那箱八宝豆豉向陈大伯跟前挪了挪，“这是您老爱吃的八宝豆豉！”

陈大伯站了起来：“真的要走？”

“嗯。”刘枫应了一声，掉转头去。

“他从那么远的地方来，我还以为给陈大伯带了什么好东西呢，原来只不过是咱这里产的一箱豆豉咸菜！”

“就这么走了？恩情就这么了啦？报恩吧，这么多年没露面，少说也得给陈大伯三万两万的养老钱吧！”

围观的左邻右舍窃窃私语起来。陈大伯和老伴装作什么也没听见，客气地送刘枫出了门。

送到院外的老榆树下，刘枫停下脚步，犹豫片刻，转过身来：“大伯大娘，此番前来，我还有一个心愿未了。”

陈大伯一怔：“你说！”

刘枫说：“我想给二老磕几个响头！”

陈大伯和老伴面面相觑。

刘枫说：“这些年我一直没能在二老跟前露面，您一定认为我是一个无情无义的家伙。其实,这些年,我难着呢……这次，我从千里之外来到这里，肯定很突然，但我没别的打算，就是想给二老磕几个响头。也许，大家会认为我特傻特没用……”

陈大伯的老伴偷偷拿衣角擦拭着泪水。

陈大伯挥了挥手，没让刘枫再说下去。

刘枫跪在地上，“嘭嘭嘭”，连磕三个响头。

临了，刘枫说：“以后，我还会来的，哪怕只磕三个响头！”

隔天，陈大伯又出现在了陷泥河边，悠闲地遛着他的“黑鱼”风筝。

清风混合着淡淡的水草气味，缓缓吹来。陈大伯从容转动手中的线箍，三米多长的“黑鱼”风筝蓦地乘风而起，霸道地悬在半空，直至变得越来越小、越来越小，成为一只不起眼的蝌蚪。

虽小，但在有心人眼中，仍是先前那只三米多长的威武的“黑鱼”风筝。

闪评：心到恩即报，意至情更浓。报恩在心，而不在给施恩之人多少金钱和物质。就像醉翁之意不在酒，在乎山水之间也。

母爱总会赢

他很少谈起他的母亲。

有一次，他的一位最亲密的朋友同他谈到这个话题。他沉默了半晌，看似轻描淡写地讲述了自己与母亲的三个片断。

小时候，母亲对自己要求特别严厉。有一天，他同本村的二狗子发生了争执，一怒之下用石块把二狗子的头给打破了。二狗子的父母领着受伤的二狗子找上了门，母亲非常生气，打了他两巴掌，然后让他给二狗子道歉。他觉得自尊心受到了伤害，扭头就往外跑。身后传来了母亲愤怒的呵斥："不给二狗子道歉你就别回这个家门！"

他丝毫没有给二狗子道歉的意思，在野外的老楸树底下一待就是半夜。

他对朋友说，这次，是母亲输了——半夜里，她打着手电筒，焦急地喊着他的乳名，找到老楸树底下，把他领回了家中。

上大一的时候，他在本校谈了个女朋友。两人卿卿我我，整天黏乎在一起。母亲不知道从哪里得到了这个消息，托人给他带来口信，暗示他不要过于沉溺于爱情而耽误了学业。他呢，依然我行我素，沉醉在爱情的天空中。母亲着急了，专程从镇上赶过来。她说，我不是来看你女朋友长得丑俊的……她劝说儿子，多抽时间学点东西，准备考研。母亲说，到时候如果考不上研究生，不准儿子进家门！

“这次还是我赢了！”他对朋友说，“我没有考研，赌气连着寒假、暑假两个假期都没有回家，最后还是母亲找到学校来，亲自把我请回了家里？”

大学毕业的时候，他在城里联系好了工作单位。不料，曾经当过母亲的班主任的老校长找到了母亲，说是镇中学缺个英语老师，问母亲能不能动员儿子回镇中学任教。母亲听从了老校长的建议，多次给儿子吹风，让他多想想乡下的娃儿，回家乡来支援老家的教育事业。母子之间的较量又一次开始了。母亲快言快语地告诉他，他要是留在了城里，就别再回来看她，就当没有她这个娘。

“这次母亲又输了！”他有点得意地说，“我现在在城里不是混得很好吗？母亲不是说不愿意再看到我吗？可她最终还是主动来到了城里，给我们看孩子、做饭……”

朋友是学哲学的。听完了他的叙述后，望着他得意的面孔，发出了长长的一声叹息。

他不解，问朋友为何会有如此惊心的一叹。

“真的是你赢了吗？”朋友轻轻地摇了摇头，回答说，“不要同母亲较劲，更不要同母亲论输赢！无论结局怎样，母亲都会输掉。因为，儿子是母亲灵魂与身体的不可分割的一部分，在针尖对麦芒的较量之中，即使儿子输了，输掉的也是母亲的心肝。”

听了朋友的点拨后，他愣在了那里：自己和母亲，到底是谁赢了呢？

朋友一字一顿地说：“赢了的不是你，而是母爱！”

赢了的是母爱！这句话犹如一声惊雷，把他的心绪轰炸得无比纷乱。

他辗转反侧，彻夜无眠，终于想通了：儿子是不应该把母亲视为自己的对手的。因为，母爱能够打败来自自身的所有的对儿子的恨。即使恨有千万钧，在儿子面前，母爱总会赢！

闪评：时常回头望望走过的路，每个人都是踩着父母的肩膀走来。在人生之路上，你之所以走这么远，与个人的禀赋和努力分不开，也与踩在父母的肩膀上密切相关。

爱心向前看

王飞的公司，论规模和实力，在市里那是首屈一指。谁料最近却遇到了迈不过去的坎儿，一夜之间突然倒闭了。很多记者瞅准了这条热门素材，纷纷从王飞公司破产的过程、导致破产的原因等方面撰写稿件，予以报道。有一位叫刘洪的记者，却另辟蹊径，从中发现了另外一条极具报道价值的新闻线索。

原来，王飞同时还是一名充满爱心、很有影响的社会公益家。公司破产前的十几年间，他曾经资助过几百名贫困生、残疾人。这些贫困生、残疾人当中，有一位名叫孙达的贫困生，在王飞的资助下，顺利读完了大学，就了业。经过几年的发展，如今已成为本市颇具实力、小有名气的私营企业家。刘洪通过进一步调查发现，凭孙达的实力，完全可以从他的公司中抽取一部分资金，暂时帮王飞渡过难关。本来嘛，滴水之恩，当涌泉相报，可是，孙达并没有这样做，没人见他给王飞哪怕是出过一个钢镚儿。这可是典型的忘恩负义、自私自利啊！

刘洪义愤填膺，颇为王飞感到不公，他连夜加班，把这事进行了整理，写成独家新闻，在第二天的报纸上刊登出来。报纸一上市，孙达立即成为大众谴责的对象，人们纷纷指责他的冷漠与无情。面对人们的指责，孙达一直没出来辩解，好像默认了自己的自私自利。

稿件很快引起了人们的关注，刘洪所在的报社甚至打算为这事开辟专栏，刊登市民的讨论意见。报道取得了成功，初步收到了预期效果，刘洪自然感到非常高兴。

这天中午，刘洪到外面完成一项临时采访任务的时候，忽然发现王飞和孙达一前一后地走进了一家咖啡馆。莫不是孙达看了报道，良心发现，找机会弥补过错来了？职业敏感促使刘洪不由自主地跟了进去。好在王飞和孙达都不认识刘洪，刘洪找了个靠近王飞和孙达的位置，坐了下来。他要了一杯咖啡，装出漫不经心的样子啜饮着，实则伸长了耳朵，暗暗偷听王飞和孙达的谈话。

没多会儿，孙达掏出了一张银行卡，放到王飞跟前，喃喃着说道："王叔，这张二十万元的银行卡，您还是收下吧，这样，我心里或许会好受些。"

王飞看银行卡一眼，摇了摇头，郑重地说道："孩子，我知道，你是受不了媒体和大众误解的委屈才来找我的。可是，我想，你不会随随便便就把我们的约定忘掉的！那可是君子之盟啊！我相信你不会让我失望的！"说完，王飞把那张银行卡轻轻地推回孙达面前，起身离开了咖啡馆。

孙达望着王飞的背影，呆呆地坐在那里。原来王飞与孙达之间还有一个约定啊，刘洪哪肯放过这个千载难逢的机会，他立即亮明身份，对孙达开始了现场采访："孙先生，听说您和王先生之间有个约定，请问这个约定是什么？您能告诉我吗？”

面对刘洪的询问，孙达突然眼圈一红，眼泪流了下来：“没错，我和王叔是有个约定。这个约定是：爱心向前看！”

“爱心向前看？”刘洪疑惑地望着孙达，期待着他的解释。

孙达缓缓地说道：“是的，爱心向前看！你可能不知道，王叔的公司破产前，我曾经带着这张银行卡，去找过他一次，想帮他一把，可是那次他同样拒绝了。他说，自己的公司破产是早晚的事，即使破产后，他生活再困难，也比那些更需要大家帮助的贫困生、残疾人好多了。他还说，老想着报答行善者，是爱心向后看；延续行善者的义举，是爱心向前看。所以，他同我约定，不要老想着回报他，而是寻找并随时关注那些更加需要帮助的人，让爱心沿着爱的轨道前行，永不止步。”

闪评：向后看，距离有限，风景有限。向前看，距离无限，风景无限。积极瞻前，适度顾后，人生更稳妥，更圆满。

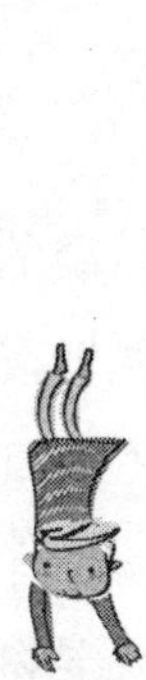

第五辑 脂油里的爱情

脂油里的爱情

100 位已婚男人，至少会有 90 位会遇到过来自外界的情感诱惑。如果有 10 位男人一辈子没有遇到过这种诱惑，那么这 10 位男人肯定是 10 个木头人。

幸而他不是一个木头人。在千千万万人之中，他也遇见了那种令自己涌动不止的诱惑，遇到了那个可以令自己再年轻、再澎湃一次的女子。比之于家中的黄脸婆，她娇艳、热烈、风情万种……他和她，终于拿捏不住，开始眉目传情，珠胎欲结。后来，他们不约而同地彻底地撕下了伪装，有了他们之间的第一次，也是最后一次的疯狂约会。

这是一次他们所迫切渴望的、水乳交融的约会，也是一次蓄谋已久、不可遏制的约会。暖阳慵懒地涂抹着金黄色的光辉，使他们的脸色看起来更加暧昧、更加温情。在弥漫的澎湃气氛中，两人含情待发，蠢蠢欲动。他无比主动地，轻轻地，轻轻地环住了她的细腰，两人同时感受到了来自对方体内的炽热的体温与抑制不住的震颤。

她浑身酥软，陶醉地闭上了眼睛。他撮起了厚厚的嘴唇，欲亲吻那对销魂的烈焰红唇……

在即将对接的一刹那，突然，她睁开了眼睛，好奇地问："哪里来的脂油味？"

突兀而来的一句话，使他本能地捂住了自己的嘴巴。脂油味是从他嘴里发出来的。他不由得想起了家里的黄脸婆。他和黄脸婆都是从农村来的打工仔。岁月沧桑，因缘巧合。在一个偶然的机会里，两人先是相识，接着相爱。结婚以后，他们在郊区租了一间房子。不久，还有了一个可爱的女儿。

因为经济拮据，他们生活极为简朴，甚至很少吃肉。为了省钱，黄脸婆从农贸市场里批发来十多斤肥肉，切成碎丁后，放在锅里炼成了脂油。冷却、凝固了的脂油，白白胖胖的，散发出一股无比醇厚的香味。创造条件让他吃饱吃好，是她最大的心愿。每次吃饭时，黄脸婆总是忘不了单独为他在碗里加上一小块的脂油。在她爱怜的目光中，他吃得津津有味，那小块脂油的芳香，甚至浸染了他硬硬的胡茬。而她自己，却舍不得尝一点。没有人会明白她的心意。也许，看相爱的人幸福，就是最大的幸福。

日复一日，来自黄脸婆手中的小块脂油，渐渐地显得平凡起来，不再有什么特别之处。吃得多了，他甚至不再在意它们的芳香，不再在意它们给予自己的滋润。

“哪里来的脂油味？”如今，听着这句问话，情人的身影一暗，眼前闪烁起了被自己吞噬掉的那些脂油的光芒。要知道，约会前，他照例是吃了黄脸婆的一块脂油，义无反顾地走出家门的。现在，嘴里的脂油味仿佛更浓了。他莫名地打了一个激灵，不由自主地收回了放纵的情欲，情人的芬芳消失了，所有的激情淹没在浓厚的脂油味当中。

他的情人不会知道，是她的那一句问话，更是那一块充满爱意的脂油，将他重新拉回到黄脸婆的身边，不经意地挽救了他和黄脸婆之间的爱情。

这一段传奇的情感经历，更像是一段美丽的爱情童话。它为我们经营爱情、净化爱情留下了两个问题：

爱情就是彼此用心浸染的过程。你在对方身上留下了独特的气息吗？你会提炼你们的爱情脂油吗？

闪评：爱情是有气息、有味道的。只要你用心去经营，一定能够在对方身上留下他人无法替代的烙印。

情人种

小燕经过多年的苦心研究，培育出了一粒神奇的“情人种”。如果你拥有了这粒种子，只要把它种到地里，并且在填土的时候不停地念叨一位异性的名字，这位异性马上就会成为你的情人，对你矢志不渝！

情人种培育成功后，小燕打算把它卖掉。我第一时间得知这个消息，找到了小燕：“请问，您真的要卖掉情人种吗？据我所知，您现在还没有情人，为什么不把这粒种子留下来，自己种到地里，从而一劳永逸，找到自己的梦中情人呢？”

小燕莞尔一笑：“我早有意中人了，我们一直情投意合，所以我们的爱情不需要借助情人种的力量来产生。但是，我们的婚姻需要它，它可以为我们创造大量的价值，让我们衣食无忧，过上富足的生活。”

我点了点头：“是这样啊，我明白了！那么，请问，您期望这粒情人种能卖到什么价位？如果价位合适的话，我想现在就同您签订合约，把情人种买下来。”

小燕想了想，报出了一个数字。

几天后，我卖房卖车，砸锅卖铁，凑齐了购买情人种的费用。把钱交给小燕后，我成了一个穷光蛋，我拥有了神奇的情人种！认识和不认识我的人，都笑我傻，购买情人种的费用，有多少情人搞不到手？我也笑了。

是的，我也笑了。而且，笑得很开心！我找到一个角落，挖了一个小坑，把那粒情人种种到了地里。在向小坑里填土的时候，我嘴里不停地念叨着一个人的名字："小燕，小燕……"

爱情真是一个奇妙的东西，很多爱得死去活来的人，到末了却没能保护好它，眼睁睁地看着它远去。但眼前发生的这次情变，却成就了我，使我成为一名幸福的幸运儿。我深深地知道，自己正是借助了那粒神奇的情人种，才来了个惊天逆转，使小燕毅然抛下旧情人，义无反顾地投入了我的怀抱。

现在，我拥有了比以前更多的东西。卖掉的房子、车子，散去的金钱，都回到了我身边。小燕成了我的老婆，小燕的东西，就是我的东西。当然了，我的东西，也是小燕的东西。我们过上了富有的生活。以前那些嘲笑过我的人，都夸我有心计，有眼光，后悔自己当时怎么没能抓住机会，俘获小燕的芳心。

接下来，我从众人的目光中，看到了情人种的巨大市场需求。但情人种的培育，需要花费大量的时间和精力。在我的甜言蜜语、软磨硬泡下，小燕终于答应了为我培育情人种。她开始研究缩短情人种培育时间的方法。我相信小燕的能力，她一定能提前培育出我所需要的情人种。我暗暗高兴，做梦都想着把情人种的事业做大、做强，直至发展成为一种产业。

这期间，我自觉承担了所有的家务活，贴心照顾着小燕的饮食起居。小燕非常感动，培育起情人种来更加卖力。

直到有一天，小燕说情人种快要培育成功了，我才稍微松了口气。但当天傍晚，小燕找了个借口，偷偷溜出了家门。我发觉她神情有异，悄悄跟了上去。

小燕来到一个僻静处，在地上挖了一个小坑，从兜里摸出一样东西，小心翼翼地托在掌心，仔细看了一会儿，然后一松手，那东西轻轻落到了小坑里。天哪，我看到了，那是一粒情人种！

小燕到底要干什么？她要找的情人是谁？我的心悬了起来，正要冲上前去阻止，小燕已经开始向小坑里填土了，我听到她嘴里不停地念叨着一个人的名字：“大升，大升……”

我呆住了，小燕嘴里念叨的，正是我自己的名字！

闪评：对自己不自信，或者对对方不信任的人，最有可能使用情人种。如果您有一粒情人种，您会马上使用它吗？

磨刀匠

“磨剪子哩——戗菜刀，磨剪子哩——戗菜刀……”胡龙正躺在院子里的大杏树底下乘凉，忽然由远而近，从大街上传来一阵阵响亮的吆喝声。村里很多年没有来过磨刀匠了，胡龙感到稀奇，正要出去看一看，婆娘小月提着一把菜刀，抢在他前面，快步走出了院子。胡龙一骨碌从藤椅上爬起来，紧跟着小月走了出去。

不一会儿，磨刀匠就来到了胡龙和小月跟前。这位磨刀匠，看年龄也就在三十岁左右，脸被日光晒得黝黑，显得有点憔悴，肩膀上扛着一条破旧的长凳，长凳一端用铁丝牢牢地固定着一块磨刀石。看他那副模样和磨损了的行头就知道，是常年在外谋生活的人。

胡龙的婆娘小月是天生的蛋白脸、勾魂眼，有着一副让人羡慕的杨柳身子、丝瓜般的细腰。她冷冷地站在大门外，再加上手里那把菜刀的映衬，看起来有一股冷艳之美。这副模样一露面，就把磨刀匠震住了。他惊艳地呆立在那里，目光一动不动地盯在小月脸上。

没想到磨刀匠还是个大色狼哩，胡龙正要发作，小月木着脸，伸出菜刀，在磨刀匠面前晃了两晃：“磨菜刀！”

磨刀匠这才回过神来，把肩上的长凳放到地上，从小月手里接过菜刀，蘸了点水，唰唰唰地磨了起来。只一眨眼的工夫，菜刀磨好了。胡龙接过菜刀，对着太阳光一照，刀锋闪闪发亮，耀得眼睛发花。小月一言不发，从胡龙手里接过菜刀，拈起头上的一绺青丝，菜刀飞快地落了下去。磨刀匠的技术果然了得，只听“噌”的一声，青丝断成了两截。小月将手里的那绺青丝撂在磨刀匠面前，转身返回了院内。

跟着小月回到院子后，胡龙伸了个懒腰，重新躺到藤椅上，很快呼呼大睡起来。

不知不觉间，胡龙的美梦被一阵“哗哗”的水声惊醒了。他抬手揉了揉惺忪的睡眼，抹了抹额头上腻腻的汗珠，顺着水声寻去，看到了婆娘小月半个白花花的身子。原来，小月正躲在草棚里冲凉呢。胡龙看得眼热心跳，翻身从藤椅上跳下来，三下两下脱光外衣，蹑手蹑脚向小月摸了过去。忽听“噗”的一声，一块大石头从院墙上滚下来，落到了院子内。紧接着，又听到院子外传来了“咚咚咚”远去的脚步声。哪来的狗杂种,竟敢偷看小月洗澡？胡龙大怒，抄起菜刀追了出去。

等胡龙来到大街上时，那人已经跑远了。胡龙只是隐隐约约看到了那人的背影，他琢磨来琢磨去，觉得那个背影像极了磨刀匠。可是，自己毕竟没有抓住真凭实据，奈何不了人家，胡龙沮丧地叹了口气，暂且压住了怒火。

磨刀匠并没有离开村里的意思，他在村外一座废弃的砖窑里住了下来。第二天，照旧走街串巷，给大家磨剪子、戗菜刀。胡龙找机会与磨刀匠打了几次照面，磨刀匠的表情非常自然，看不出任何破绽。胡龙禁不住怀疑，那天是不是自己看错人了？

转眼到了第三天晚上。胡龙在外面打牌，到了 9 点多才回家。他刚踏进院子，就听见屋内传来了“呜呜”的哭泣声。胡龙一脚踹开屋门，发现磨刀匠正坐在饭桌前，举着酒瓶，喝得满脸通红。婆娘小月坐在床上，披散着头发，半裸着身子，哭成了泪人。小月看见胡龙回来了，悲愤地指着磨刀匠说：“他……他不是人……趁你不在家，强奸了我！”

胡龙不敢相信眼前这一幕，愣了片刻，歇斯底里大叫了起来，摸起菜刀冲磨刀匠抡了过去。乡亲们闻讯赶了过来。村长王有财一把夺下胡龙手中乱舞的菜刀：“胡龙，干什么呢？磨刀匠犯法，自有法律制裁他，你怎么也跟着犯糊涂啊？”

王有财指挥大家把磨刀匠捆了起来，押上三轮车，带着胡龙、小月，还有十几名乡亲，连夜赶到了二十多里外的镇派出所。大家聚集在派出所的大厅里，群情激愤，当着王所长的面，纷纷指责磨刀匠，冲他吐唾沫、扔烟头。

这时，小月突然站了出来，放声大哭。众人同情地望着小月。小月哭毕，并没有像大家期望的那样，去控诉磨刀匠的罪行，而是指着磨刀匠，缓缓地说道：“他，不是强奸犯……是我的丈夫！”

啊？磨刀匠是小月的丈夫？大厅里炸开了锅。

“他确实是我的丈夫！我们本来有一个美满的家庭，新婚不久我就怀上了小宝宝。不料天有不测风云，我被人贩子拐到你们村，卖给了胡龙。胡龙不顾我的苦苦哀求，多次强奸我，让我流了产。”小月扫视了大家一眼，幽幽地继续说了下去，“我多次逃跑，都被村长和胡龙领着你们追了回来。我跪在你们面前，大叔、大婶、大爷、大娘……一一叫了个遍，可是，你们认定了我这个买来的媳妇，没有一个人肯点点头放我回家！我不得不忍辱偷生。好在我有一个非常爱我而又坚韧不拔的丈夫。他扮成磨刀匠，找了三年，历尽艰辛，终于找到了我。我们知道，单凭我们两个人的力量，逃不出你们的控制。只好将计就计，让你们把我和我丈夫送到了派出所……”

大厅里静悄悄的，众乡亲们都低下了头，没人敢面对小月那双幽怨的眼睛。

闪评：潜规则固然可怕。比潜规则更可怕的，是大众群体对这一规则的认可、顺从，以及对受害者所受伤害的漠视和麻木。

轮椅上的女友

来这家咖啡店喝咖啡的客人很多，漂亮而且时尚的女孩更多。但留给服务生郭川印象最深的，还是那个叫许云的女孩。

许云每次来这里喝咖啡，都是独自一人，而且喜欢选择靠窗的位置。郭川送来咖啡后，她轻轻地啜饮着，修长的身影与眼前的咖啡桌、身边的玻璃窗诗意地形成了一幅天然的富有时代感的素描画作。

郭川自从见到许云的第一天起，就深深地爱上了这个容貌秀美、举止优雅而又透着点狡黠的女孩。他太想捉住这片青春的云朵了！

终于有一天，郭川做出了一个大胆的举动：在给许云上咖啡的时候，他很自然地把一封火辣辣的情书，随同咖啡杯一起放在了许云面前，然后不动声色地躲到一边，偷偷观察许云的反应。

许云把情书展开后，却是一副波澜不惊的样子，好像这封情书不是写给自己的一样。不过，这次她加快了速度，很快喝完咖啡，轻轻地站起身来，青春飞扬的身影在郭川眼前一闪，像一只美丽的蝴蝶飞出了咖啡店。

郭川收拾咖啡桌时发现，那封情书不见了。他还在咖啡桌上发现了两个水写的大字：许云。郭川惊喜万分，这是他第一次知道许云的名字！

郭川期盼着能够尽快得到许云的答复。但接下来的日子里，许云失踪了似的，再也没有来过咖啡店。郭川陷入了深深的煎熬之中。

三个多月后的一天，总台人员忽然喊郭川过去接电话。

接过电话后，郭川愣住了，电话里传来的是一位女孩略带沙哑的疲惫的嗓音："是郭川吗？我是许云。你能不能到我这里来一趟？我有话对你说……"

郭川掩饰不住惊喜，马上搭乘出租车，按许云提供的住址追寻了过去。

等气喘吁吁爬上楼梯，充满期待地敲开房门后，郭川惊呆了：给他开门的许云，竟然坐在轮椅上！

原来，许云也暗暗地喜欢着郭川。她经常到咖啡店的目的，无非是想多看一眼郭川。但是，许云收到郭川的情书后，女孩子特有的矜持，使她控制住了自己的感情，没有立即表态。当许云走出咖啡店后，欢快的情绪忍不住爆发出来。没想到在路过一处十字路口时，一辆小车拦腰撞了过来……

许云望了郭川一眼，神情黯淡地说："我目前的状况你都看到了，医生说我可能永远也站不起来了，这就是我三个多月没有露面的原因……今天，我之所以麻烦你到这里来，一是我毕竟喜欢过你，想见你最后的一面；二是想借这个机会，给你一个答复：你还是去找其他女孩吧，我不会怪你的……”

说完这些，许云熟练地掉转轮椅，给了郭川一个背影：“你可以走了！我们的缘分已尽……”

望着许云楚楚可怜的背影，郭川两行热泪倏地流了下来。他大步上前，握住许云的小手，哽咽着说：“相信我对你的真诚，也要相信你自己，以后再也不要说缘分已尽这样的傻话了！我愿意和你相守一辈子，陪你去看海，去看山，直至终老……”

压抑、堆积在许云内心的情感决堤而出！她把头埋在郭川宽大的怀抱中，大哭起来。

从这天起，郭川经常去看望许云。时间久了，彼此的了解更加深入，感情也更加浓厚，俨然是一对亲密无间的情侣。郭川始终牵挂着许云的病情。他曾经动员许云去北京的大医院看看，许云犹豫再三，还是拒绝了。她乐呵呵地说：“治我这病需要花很多钱的，治好治不好也难说，我看还是不要抱什么希望了！这样挺好的，结婚以后我们吵架的时候，至少你不会被我追得满房间乱跑不是？”

郭川被许云的幽默逗笑了！可是，他并没有放弃，甚至还从网络上搜寻了一些医疗保健措施，配合许云治疗，期待着奇迹能够发生。不过，郭川的努力并没有收到奇效。出人意料的是，许云驾驭轮椅的技术倒是越来越精妙。她坐在轮椅上，不仅能够灵巧地穿行，甚至还时不时地做出一些高难度动作来。有一次，许云要把郭川送出门外，郭川不让。许云抢先一步，轮椅快速跃出门槛，眼看就要冲下楼梯，许云一个漂亮的后转，轮椅的两个后轮牢牢地支撑在地上，两个前轮翻转过来，腾空而起，在郭川的惊叫声中稳稳地落到了地面上。这哪里是坐轮椅，简直是在耍杂技啊！郭川摇了摇头，嗔怪地瞪了许云一眼。

农历 7 月 7 日那天，郭川请了假，来找许云，却发现许云不在，紧闭的防盗门上留了一张纸条："郭川：今天是中国的情人节，我知道你一定会来找我。我和朋友外出了！请你于上午 10 时左右，打开电视，调到本地的体育频道，我将给你一个意外的惊喜！爱你的许云。"

路上有点堵车，郭川回到单身宿舍时，时针已经指向了 11 时。他火烧火燎地打开电视，调到了体育频道。电视里正在举行盛大的颁奖仪式，漂亮的女主持人面带微笑地解说着："下面，有请市长先生为本次轮椅展示大赛第一名获得者、有情轮椅厂的首席设计师——许云小姐颁发荣誉证书……据许小姐介绍，为了参加这次比赛，有情轮椅厂专门给了她半年的假期。在这半年的时间里，她把自己关在家中，切身体会残疾人的感受，不断改良轮椅性能，终于在比赛中脱颖而出……"

轮椅展示大赛第一名，看来这就是许云所说的"意外的惊喜"了。郭川一边思索着，一边替许云感到了由衷的高兴。

就在这时，电视屏幕上出现了许云的镜头。郭川的眼睛忽地亮了一下，他发现许云微笑着从轮椅上站了起来，充满自信地走向了领奖台。这才是许云送给自己的“意外的惊喜”啊！郭川这才明白，许云压根就没有被车撞过。为了检验他们的爱情，聪慧的许云跟自己玩了一个小小的游戏。

闪评：爱情需要大真情，也需要小狡黠、小幽默和小惊喜。由此催生的爱情风格，有好多种。好玩，有意思，也算其中的一种吧。

QQ里的女友

李子白进入网吧时，迎面与一位娇小玲珑的女孩撞了个满怀。他轻轻战栗了一下,知道自己撞到了不该撞的部位。女孩趔趄一下，眼看要跌倒，李子白回过神来，一把抓住了女孩的手。

同女孩的两次身体接触，只是一瞬间的事情，敏感的李子白惊喜地预感到，自己爱情的春天就要降临了，女孩一定会成为自己的那只爱情鸟。他坚信自己的感觉不会错，顺势紧紧握住了女孩温润的小手。女孩臊得满脸通红，挣脱了李子白，向网吧外面飞奔而去。李子白紧追了出去。女孩已拦住一辆出租车。李子白冲女孩喊道:“我是李子白，请问，能告诉我你的 QQ 号吗？”女孩愣了一下，在关上车门的一刹那，冲着李子白喊道：“446087815！”

第二天，李子白来到公司办公室，潇洒地向自己的对桌刘小欣打了个招呼。刘小欣和李子白年龄相仿，是公司的网管。她惊讶地看了李子白一眼，开玩笑似的问：“子白，我看你心情不错，是不是找啊找啊终于找到疼你的媳妇了？”李子白不置可否，呵呵笑了两声，打开电脑，登上 QQ，向昨天那位女孩发出了“我是子白，请加为好友”

的验证请求。女孩恰好在线，将李子白加为了好友。

李子白向女孩发动猛烈进攻，不几日，就和女孩聊得如胶似漆，向她发出了约会请求。女孩狡黠地问李子白："我长什么样，你又不是没见过，该不会怀疑我是变性人吧？"李子白说："你让我这么着迷，天天见也看不够啊！"女孩说："还是不见的好！你不是说过，我们第一次见面在网吧吗？如果再见一次面，我保证你的失望率是百分之百！"

李子白闷闷不乐地下了线。但他不肯放弃自己的计划，不屈不挠地做女孩的工作。他甚至向女孩许诺，他们见面的日子，将是自己向她求婚的日子。奇怪的是，李子白向女孩说出自己的许诺后，女孩再也没有上过QQ。李子白将自己在QQ里说的那些情话，过滤了一遍，不知道自己哪里惹恼了女孩。后来，他回忆起第一次同女孩见面的情景，女孩与他相撞的一幕，生动地闪现着。女孩会不会再次在那家网吧出现？李子白开始频繁地出入那家网吧，期望再次遇到女孩。

这天上午，李子白发现女孩上线了，他又惊又喜，马上给女孩发去亲切的问候。可女孩一言不发，没有理睬李子白。这时，公司里的孙大姐进来，拉着刘小欣就走，说她办公室的电脑中毒了，让刘小欣帮她处理一下。刘小欣走后，李子白在办公室内烦躁地转起了圈子。当他转到刘小欣的办公桌前时，目光不经意地落在刘小欣的电脑上，意外发现刘小欣的QQ开着。李子白鬼使神差地凑过去一看，吓了一跳：刘小欣的QQ号怎么和自己意中人的一样？

没等李子白想明白，刘小欣回来了。李子白装作没事似的，赶紧踱回自己的办公桌。他琢磨半天，终于想通了：自己意中人的QQ号，一定是被刘小欣盗走了，怪不得意中人同自己失去联系呢！刘小欣这个死丫头，为什么要盗走自己意中人的QQ号呢？李子白百思不得其解。转眼午饭时间到了，李子白趁着刘小欣去吃饭，悄悄把刘小欣盗去的那个QQ号改掉了密码。

整个下午，刘小欣都是闷闷不乐的样子。李子白暗暗得意，故意凑到她跟前问："怎么了，刘大小姐也有不高兴的时候？"刘小欣支吾着说："没……没什么！一个用了很久的QQ号被人黑去了……"

当天晚上，李子白又来到那家网吧。那位娇小、玲珑的女孩突然出现在他的视野当中。李子白快步上前，一把抓住女孩的手，语无伦次地说："我……我可找到你了！你的QQ号也被我给拿了回来！我以为这辈子再也见……见不到你了呢……"女孩使劲抽出自己的手，茫然地望着李子白说："我想你认错人了，我并不认识你啊！"

"你不认识我？这不可能！不可能！"李子白的热情降到了冰点，他喃喃地向女孩讲述了他们相遇、相识、在QQ上热聊和自己苦苦寻找她的经历。女孩打量李子白几眼："你就是那个差点把我撞倒的人？"李子白赶紧点了点头。女孩忍俊不禁地说："你以为我留给你的那个QQ号真是我的啊？实话对你说，当时我对你根本没有来电的感觉！撞了我不赶快道歉，还想着要什么QQ号，真是气死我了！

为了报复你的唐突，我随口编了个 QQ 号给你，没想到误打误撞，那个 QQ 号居然是你办公室对桌女孩的！”

李子白傻眼了：这么说，一直与自己在 QQ 里谈情说爱的，是自己的对桌刘小欣？望着李子白愣神的样子，女孩笑了：“傻小子！你对桌的那个女孩子，明明知道你爱的是别人，还能够默默地陪你在 QQ 里谈情说爱，只是后来被你执着的见面请求吓退了，难道你不觉得她很可爱吗？”

刘小欣的影子开始在李子白眼前飘来飘去。他陷入了困惑：难道爱也会犯好高骛远的错误？

第二天，李子白怀着忐忑不安的心情，把一张纸条交给刘小欣。刘小欣打开一看，脸突地红了，上面写的是：“对不起！我把 QQ 号还给你，密码是：xiao xin wo ai ni……”

闪评：爱情有着和旅游一样的行为特质：习惯于舍近求远，到陌生的地方寻找风景。通俗一点说，是“熟悉的地方没有风景”。

隐婚调查

最近，我们公司从人才市场上招聘了一批年轻的女员工。有一位叫赵彩云的被安排到营销部，和我在同一个办公室办公。由于我们公司老总认为，未婚女人比已婚女人更能够集中精力工作，所以，新录用的这批女员工，包括赵彩云在内，一律都是未婚者。

赵彩云不仅身材苗条，人长得漂亮，而且还特别聪明，特别能干，业务非常棒，人缘也不错，到营销部工作还不到一个月，就赢得了大家的一致认可。公司里有许多小伙子也都看上了她，不停地向她运送着“秋天的菠菜”，渴望把她搞到手。可是，不知道什么原因，面对众多的追求者，赵彩云却无动于衷，一概不予理会。

一天，我刚从财务部领完工资，在走廊里，突然遇到了公司纪委的王书记。以前，王书记遇到我，顶多也就是对我点点头。这次他却主动地冲我招招手，神秘兮兮地把我喊到了他的办公室。在那里，他交给我一项特殊的任务。原来，他怀疑赵彩云是“隐婚族”，要我负责帮他彻底调查清楚。

听了王书记的交代，我吓了一跳。“隐婚族”我知道是怎么回事，就是指那些已经在婚姻登记机关办理了婚姻注册登记手续，却没有公开举行婚礼、没有对外宣布结婚消息的那一类人。赵彩云如果真的是“隐婚族”，被王书记知道的话，她的工作非砸锅不可。因为，我们公司有明文规定，凡是属于“隐婚族”的员工，一律辞退，并且还要向公司缴纳一万元的违约金。

我暗暗替赵彩云捏了一把汗。可是，值得庆幸的是，经过我对赵彩云的多次明查暗访与旁敲侧击，在她身上始终没有发现丝毫隐婚的迹象。看来，赵彩云并不是什么“隐婚族”。我松了一口气，敲开了王书记的办公室，把这个结论报告给了他。王书记听了我的汇报后，沉默了半晌没有言语。看来，王书记对我的调查结果并不满意，我只好讪讪地退了出来。

到了下午，快要下班了，我和赵彩云开始整理各自的办公桌，准备撤退。王书记突然推开门闯了进来。他仔细地打量了赵彩云一眼，然后举起手中的一个信封，非常严肃地说：“赵彩云同志，我们收到了一封举报信，有人举报你是‘隐婚族’，希望你坦白交代，不要再隐瞒真相，我们会宽大处理的……”

“什么？有人举报我是‘隐婚族’？这不可能，我……我还没有男朋友呢！”赵彩云辩解着，随即由惊愕、羞怯变成了伤心、委屈，眼圈一红，泪水在眼眶里打起了转转。

“哈哈！”王书记忽然抹去满脸的严肃，爽朗地大笑起来，“没有隐婚，没有男朋友，好啊！我有个侄子在税务局工作，一表人才，为人正派，我想介绍你们认识一下。你如果没意见的话，今天晚上见个面！”

闪评：权力一旦介入婚姻和爱情，婚姻和爱情的味道就变了。有的人却自我感觉良好，这也许就是所谓的“如入鲍鱼之肆，久而不闻其臭”吧。

缺口

小琪的男人是名刑警，经常忙到很晚才回家。一进门，总是说累，透着满脸的疲惫。小琪多想跟男人说会儿话，可往往没说上几句，男人就歪在沙发上，鼾声四起。

这天晚上，小琪的男人不到 10 点就回家了。这可是少有的事。男人说，有一个案子，好久没找到头绪，队长今晚让大家早回家，也好放松放松。男人一边说着，一边逗孩子玩。小琪就放开了话篓子,和男人说些家长里短的事儿。

说着说着，话题扯到租了隔壁院子收废品的海英和海英男人身上。小琪说，他们也不容易呢。自己这些日子和海英聊天时，发现海英老是犯困，打哈欠，就问海英咋了。海英说最近生意不错，夜里经常有叫门的，熬夜熬得眼圈都黑了。小琪对男人说，海英他们真是不容易啊，从农村跑到城里来收废品，还带着孩子，多不容易啊。

小琪还在絮絮叨叨地说着。男人冲她打了个暂停的手势。小琪疑惑地望着男人。男人皱着眉头,沉思半晌。然后,匆匆下楼，发动小车，“呜”的一声，消失在茫茫夜色中。小琪隔着窗玻璃向外望了一眼，昏黄的夜色迅疾淹没了她的目光。

当晚，男人没再回来。也许，男人有什么紧急任务呢。小琪想。可是，又会是什么任务呢？

小琪漫无边际地想着。想累了，也就睡着了。

第二天上午，男人还没回来。小琪去隔壁找海英的时候，发现废品收购店的大门紧闭着。附近修电动车的老汉告诉小琪说，你不知道吧，这个废品收购店是个黑店呢，专在半夜里收购赃物。听说店里的男人昨晚被警察给抓起来了，犯的事够上判刑了，女人呢，脸丢尽了，带着孩子回乡下了。

小琪愣了，心想怎么会这样呢，怎么会这样呢！

下午，小琪的男人终于回来了。男人对小琪说，他负责的那起案件破了，海英和海英男人开的废品收购店就是销赃之地，刑警队的人顺藤摸瓜，查处了一个特大盗窃团伙。男人说这话的时候，得意扬扬。末了，还补充一句说：男人是一堵墙，女人好比墙上的缺口！

小琪恍然大悟，那天晚上自己和男人的闲聊，居然让细心的男人从中发现了破案线索！

不久，海英的男人果然被判了刑，三年，不短不长的三年。而小琪的男人，因破案有功，被提拔为刑警大队副队长。

男人提拔了，小琪却高兴不起来。她打听到海英老家的地址，给海英和孩子汇去了一笔钱。没多久，海英同样以汇款的方式，把这笔钱退了回来，附言如下：

“我们自己能行！”

小琪读着汇款单上的附言，眼睛湿湿的。

那以后，升了职的男人迎来送往，酒肉应酬，交的朋友更多了，人更忙了，回家也更晚了。小琪时不时还会想起海英来。每当这时，小琪总会想上这么一想："自己会不会是做错什么了？或者，自己原本就没有错？"

后来，隔壁院子又租出去了。租院子的仍旧是一对小夫妻。男人在反贪局上班，女人在邮局分拣信件。两人都是刚从乡下调到县里，干劲十足。那女人比小琪小，见面就喊小琪大姐，就像当初小琪喊海英一样亲热。小琪和那女人的关系迅速升温，成了闺中密友。

小琪的男人却心事重重了起来。小琪关心地问男人，有事吗？男人吞吞吐吐地回答，没。

只是，男人又意味深长地补充了一句："男人是一堵墙，女人好比墙上的缺口！"

"男人在担心什么？自己会成为自己男人的缺口吗？"小琪刚放下的心又提了起来。

小琪开始夜夜失眠。

闪评：男人读女人，女人读男人，都各有各的视角。不好笼统地说谁是墙，谁是墙上的缺口。但我们可以把这个缺口比喻为一轮残月，远远地，可以看出一些端倪，看出一些伤感。

双城爱

A 城、B 城，相隔千里。

他在 A 城，她在 B 城，相隔也是千里。

心有灵犀一点通。谁也没有说出那个字。但远远的，两人千里之外说的那些话，不是情话，又是什么？

一个多月前，他开始谋划和实施一次行动。

他频频光顾 B 城设在互联网上的人才交流市场，斟酌着投出了多份应聘资料。收到 B 城一家图书出版公司的录用通知后，他很快辞去了原公司的工作。

到达 B 城时，突然下起了小雨，天色昏暗起来。下了火车，他从路边小店买了一把油纸伞，撑着它走向附近那家名为“呢喃爱”的咖啡屋。在咖啡屋的一角，他挑个靠窗位置坐了，掏出手机，给她发去了一条短信：“我到 B 城来了，在呢喃爱咖啡屋，不见不散……”

他没说，自己已辞去 A 城的工作，是专程来 B 城寻她的。他想给她一个惊喜。透过密织的雨幕，他想象着两人相拥离开咖啡屋，行走在缠绵细雨中的情景：油纸伞下的他和她，踩着大珠小珠落玉盘的清脆，雨珠调皮地溅上了她滑润的小腿，就连飞上裙裾的泥水，也显得那么有情调。他甚至即兴为她构思了一首小诗："这里就是我的家/我不要千里之外的风声说爱/不要千里之外的云朵传情/我要学那枝头的绿叶/做花儿近在咫尺的爱……"

可是，一直到了深夜，也没盼到她飞舞的裙裾。他试着反复拨打她的手机，总是无法接通。他闷头走出咖啡屋，任针样的雨丝冰凉地扎在头上、脸上。

第二天，他辗转找到了她的公司。她公司里的人却告诉他，她已辞职多天了。再问去了哪里，竟没人知道。他一下子懵了。这可不是"松下问童子，言师采药去"！采药去了倒好呢，还可以在这里等。这是"黄鹤一去不复返"啊，叫他如何是好！

他失魂落魄地走在大街上。手机突然响了。是她打来的！他精神一振，摁下了接听键。手机里却传来一个男人的声音："请问您认识机主吧？"

他立即警惕地反问："这手机怎么在您手里？"

男人说："请您镇静，慢慢听我说。我这里是A城，您知道，昨天这里发生地震了……"

"等等，您说什么？A城发生地震了？"

"是的！眼下我就在地震灾区。告诉您一个不幸的消息，机主在这次地震中丧生了……"

他觉得天好像塌了一般！

他冒着余震的危险，毫不犹豫地返回了A城。此时的A城，满目疮痍。在一处临时搭起的简易棚内，他看到了静静躺在地上、全身蒙着白布的她。眼泪无声地流着，他却没有勇气揭开白布。有人从一边递过来一个小巧玲珑的手机：“在她身边发现的！”他颤抖着接过，上面有一条尚未发出的短信：“什么？你到B城了？我辞职了，刚到A城呢……”

“我在A城那会儿，她在B城；我到了B城，她却去了A城。我因她而活命，她却因我而丧生！双城有爱恒久远，世事无情多变幻。阴阳两隔，仅在转眼间……”这么想着，他哭得更加滂沱了。

这时，一双柔软的小手搭上了他的双肩。他回头一看，惊得一跌，是她！

含着清泪的她，扑在了他怀里。他惊魂乍定，听她低柔的话语：她辞职到A城，本来想给他一个惊喜，谁知刚到这里，就收到了他到B城的短信。她写了短信回复，还没来得及发出，就发生了地震，手机被震飞了……

叙说中，又一次余震袭来。她抱紧了他，幽幽地问：“还回B城吗？”

他望着怀中心爱的人儿，和眼前沉着应对的人们，热泪再次流了下来。

废墟中传来充满男性磁力的话语：“这里就是我的家/我不要千里之外的风声说爱/不要千里之外的云朵传情/我要学那枝头的绿叶/做花儿近在咫尺的爱……”

闪评：真爱会翻越万水千山，不断创造奇迹，让遥远的距离缩短，重重的障碍消失，所有的不可能变为可能。

外遇那些事

社区里，传出来几条因外遇而弃妻离婚的消息。

许美丽和邻里几个要好的姊妹聚在一起，叽叽喳喳地议论着这些事，想象着夫妻背向而行、人去室空的凄凉。

有位姐妹说："许美丽，你也要防备着呢。你老公光板材厂就开了好几家，家里的存款怕数不清吧？像他这样的男人，在一些女人眼中可是个宝呢。"许美丽撇了撇嘴角："就他那胖墩子模样，会有人看上他？"

众姐妹就笑。说那话的人也当没说过。

晚上回到家里，许美丽却睡不着了。老公打来电话，说到邻县谈业务，晚上不回来了。白天姐妹们的话，像一片黑压压的云朵，一会儿飘过来，一会儿又飘走，再一会儿又飘回来。如此反复，许美丽的心情糟透了。她到梳妆台前照了照镜子，被自己的形象吓了一跳，这难道就是传说中的"黄脸婆"？

隔天，老公终于回来了。许美丽娇嗔地扑上去，暗地里来了一番望、闻、问、切。望，观察他的脸面、衣着，有无女人的唇印和发丝；闻，凭嗅觉侦查他的身体，有无女人的体香；问，拐弯抹角地询问他的行程、住宿和饮食的细节，判断有无异常；切，拉着他的手，体会他的感觉和反应。

检验完毕，基本没什么问题。虽然在拉老公的手时，老公木木地没啥反应，像极了左手握右手，但这是较为正常的。这一点，许美丽也理解。如果老夫老妻的拉手，再如初恋时的激动，反倒不正常了。

但许美丽仍不放心。那片象征危机的云朵，仍旧黑压压地盘旋在心头，一日不除，一日不安。她开始变着花样考验自己的老公。有天晚上，当许美丽的双臂再次勾住老公的腰肢，缱绻缠绵、久久不放的时候，老公坏笑着说："受不了，简直受不了！你这女人，还有完没完……"

许美丽狡黠地笑了，老公只能是自己一个人的。老公的身体也是自己一个人的。她要保卫自己的老公。她要用自己的身体，榨干老公的身体。

面对如此强烈的攻势，没人知道，这个男人是否识破了许美丽的计谋。但发生在以后的若干个细节，还是给大家留下了想象的空间。

一次，在去邻县的路上，许美丽的老公疲劳驾驶，发生了车祸。

许美丽赶到急救室，望着奄奄一息的老公，哭成了泪人："老公，对不起。是我不好，对你太多疑了……"许美丽的老公艰难地摇了摇头："不，应该是我对不住你。"

瞬间，许美丽的眼前又飘起了黑压压的云朵。

许美丽的老公内疚地说道："我有一个说不出口的愿望，

一直没能实现。这个愿望是……是我想有一次外遇……”

许美丽怔住了，像看陌生人一样望着老公。原先那片黑压压的云朵一下消失了，但她的内心并未轻松。因为，另一片更为沉重的云朵又压了过来。

蓦地，老公的头垂了下去。许美丽号啕大哭起来。那哭声五味杂陈，说不清是伤心，还是失望。

后来，许美丽又嫁了一次。嫁人前，她老想，这死鬼怎么能有这样一个愿望呢？他怎么可以有这样一个愿望呢？想的时间长了，许美丽的心结就自动解开了，就很坦然地嫁了人。

许美丽轻装嫁人之后，把房子卖了，彻底离开了这个社区。

再后来，一位比许美丽青春、也比许美丽漂亮的年轻女子，领着一个小男孩来社区找过许美丽。年轻女子是从邻县过来的，她不断追问许美丽的行踪，并说，小男孩是许美丽原先老公的儿子，自己是小男孩的母亲。

众人缄口无言。望着眼前的小男孩，开始琢磨起了许美丽原先的老公。这位曾经游走在两位女人之间的男人，真是一位谜一样的男人啊！

闪评：“墙里秋千墙外道，墙外行人，墙里佳人笑。”“笑”字没了，多情男的痴情总被无情女所伤害。而男人身上的不安分的感情因子，也同样令女人们烦恼。

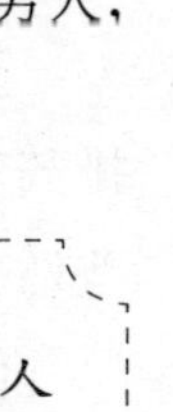

你是在等我吗

男孩喜欢上了一个女孩。

女孩是很美丽也很俏皮的那种。青春期的男孩，没来由地喜欢上了她，内心喜欢死了！可是，他不敢向这个女孩表白！为了能多看女孩一眼，男孩只能在放学的路上，在某个路口支了单车，躲在一边，悄悄地等待女孩的到来。

飘过那个路口的空气，也记不清被男孩的咚咚心跳惊扰过多少次了。附近那个修车的老头，也直摇头，叹息男孩的青涩，还有那颗迷离的心。也许，女孩不开口，男孩的爱，就这样一直地沉默，一直地等待下去。

幸而有一天，女孩在那个路口，突然停了下来。她笑吟吟地来到男孩跟前，轻声问道："你是在等我吗？"

霎时，男孩的心被温暖了。那个下午，他和女孩，并排骑着单车，走了好长好长的一段路，说了好多好多的一些话……

像我们预料的那样，故事的结局，写满了青春期的忧伤。男孩与女孩，终究没能够在一起。但成长中的男孩，却打内心里记住了那个女孩，并且被女孩的好，一直感动着。

有人喜欢你，那是你的福气。你如果知道他喜欢的是你，在等的也是你，不妨主动上前，把爱与不爱说开。哪怕你不喜欢他，也不要紧的。在不爱面前，你教他学会放手，给他去等另一个人的机会，这是对方应得的爱的回馈。

茫茫人海中相遇，不要缄默，不要躲避，更不要漠视，让我们轻轻地问一句：“你是在等我吗？”

闪评：喜欢你的，你未必喜欢。你喜欢的，未必喜欢你。真爱不求有恨，但求无缘之后，那些渐行渐远的背影，一如当初那么美丽。

第六辑　卖草莓的小女孩

卖草莓的小女孩

“叔叔，您是来买房子的吧？”

我出了售楼中心，低头、弯腰，去开车锁，身后传来一个脆生生的声音。

抬头望去，一个长相秀丽的小女孩，站在我面前。她的脚下，满满一筐子的草莓，绿柄、绿萼，惹眼的鲜红，再加上果肉上偶尔闪现的一抹嫩白，无声胜有声，组成了一幅精彩的素描作品。

“这房子好大好漂亮，还靠着一条小河哩。瞧那河水，多宽，多清！河边有柳树，树上还停着很多小鸟，‘啾啾啾’地叫着呢。叔叔您好眼光！”小女孩很乖，夸了我一句，停了一下，接着又说，“可是，叔叔，我劝您，在这里买房子，别买多了，只买一套！”

我笑了：“只买一套？为什么呢？”

小女孩对着近处和远处的楼盘，拿手比画着："叔叔，您看，这些高楼建得好多啊！我想，来这里买房子的叔叔、阿姨，每个人只买一套房子，这样就能余下更多的房子，别人就有的买了！"

"只买一套房子！"我的心被小女孩的话语感动了，软软的，又有点涩涩的，竟一时无语。

小女孩关心地问："叔叔，您怎么了？"

我弯腰摸了摸小女孩的脸蛋："你家在哪里？爸爸妈妈呢？"

小女孩目光穿过楼群，向西南方向指了指说："我们在那边租房子住呢。我是跟妈妈一起出来卖草莓的。妈妈给我买吃的去了。"

没多会儿，小女孩的妈妈回来了。这是一位朴实的女子，穿着干净，脸色红红的，有点粗糙，但透着一股精神。

我问："这草莓，多少钱一斤？"

"4 元钱一斤。"小女孩的妈妈笑着说，"很新鲜呢。"

我拿眼扫了扫那些草莓，瞅准一个大个的，捏起来，向嘴里送去。

"叔叔，别尝大草莓！找小的尝！"小女孩喊道。

"为什么呢？"我停下了手。

小女孩说："这些草莓都是一个品种。先尝小的，小的甜了，大的自然也甜！"

我不由放下手中的大草莓，捏起一个不起眼的小草莓，含在口中，齐果柄处一口咬了，凉凉的、甜甜的，口感好极了。

我说："来二斤！"

小女孩的妈妈取了一个塑料袋，俯身从筦子里向外倒草莓。

我伸手阻止说："还是我自己来吧。"

因为，我不打算要那些小草莓，想多挑些个大的。

小女孩的妈妈歉意地笑了笑："先生，您这个挑法，会把别的草莓弄坏的！"

我也笑了："没事，我小心一点就是了！"

"叔叔，其实不用挑的，把草莓一股脑地倒进去，您可以省下时间干别的事儿。"这当儿，小女孩瞪着黑白分明的大眼睛，天真无邪地望着我说，"每个人都不挑，会省下多少时间啊？"

我低了头，听凭小女孩的妈妈将塑料袋套在筐子的一端。她用另一只手，小心地托起筐子的另一端。红红嫩嫩的草莓，热热闹闹的草莓，骨碌骨碌地滚进了塑料袋中。

后来，我再也没见过那个小女孩，也不知她去了哪里。

但我坚信，那个劝我"只买一套房子"的小女孩，相信"小的甜了，大的自然也甜"的小女孩，盼望"每个人都不挑"的小女孩，一定会在某个地方，静静地注视着我，眼里充满了期待。

说不定，未来的某一天，你也会遇见那个小女孩！

闪评：我们脑子里从不缺少幻想，也不缺少理想的行为标准，缺少的只是付诸行动的意识和彰显意志的行动。

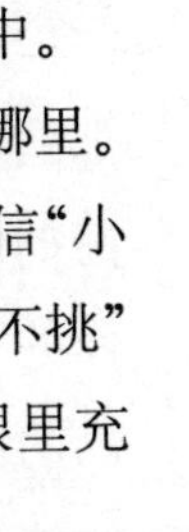

老海的邮箱

老海开了一家柳编厂，很多业务需要通过电子邮箱来开展。

一天，老海打开电子邮箱，发现邮箱爆满，里面塞满了几千封投稿信件。这些信件，都是全国各地的撰稿人发来的，他们把长长短短、形形色色的稿件投给了老海，貌似诚恳地称老海为老师，请老海对他们的作品给予指教。

原来，这些撰稿人把老海当成报社的编辑了！可是，那些撰稿人凭什么认定老海是编辑？他们在哪里发现了老海的邮箱？老海百思不得其解，索性找到了在本地报社工作的一个副刊编辑朋友。在编辑朋友的指点下，老海把自己的电子邮箱输入到百度里一搜，有关编辑老海征集稿件的信息立马出来了几百条。

就在这时，老海的手机不停地响起来，很多客户告诉老海：“他的电子邮箱满了，订货单发不过去了，需要清理一下。”

编辑朋友给老海分析说：“我私下猜测，有关你的征稿信息，可能是你的竞争对手在网上发布的。他们的目的，就是想干扰你正常的业务，想挤垮你！”

老海似信非信。编辑朋友补充说道："让全国的撰稿人来轰炸你的邮箱，这一招好歹毒啊！你可能不知道，作为副刊编辑，我的邮箱里每天几乎都能收到几千封这样的投稿信，我哪有时间一一阅读啊？只好拖动鼠标，不停地删、删、删。随着你征稿的信息通过互联网越传越广，你每天接收到的邮件将会持续增多，天天处于爆满状态！"

编辑朋友的分析没错，有关老海的征稿信息，真是老海的竞争对手在网上发布的。他帮老海查到了最早发布老海征稿信息的电脑 IP 地址，发布这条信息的人，也是开柳编厂的，跟老海还非常熟悉哩。编辑朋友动员老海，不能便宜了这小子，到法院去告他，把他弄臭。

老海却显得非常大度，对编辑朋友说："算了吧，他也不容易。"

老海重新申请了一个电子邮箱，把这个邮箱一一通知给了新老客户。那个老邮箱呢，继续留了下来，老海每天都要登录一下，到里面遛上一圈，看看全国各地的撰稿人给他发来的美文。

老海的那位竞争对手，不知从哪里听来了消息，得知了老海的大度。他非常后悔自己的行为，主动上门找老海认错。

老海仍旧表现得非常大度，连声说："没事，没事。咱们还是好兄弟！"

老海还把那位竞争对手留了下来，请他喝酒、吃饭。

席间，老海微醉，拍着竞争对手的肩膀说："商海竞争太激烈了，烦恼总是在不经意间袭来。既然这些烦恼是不可避免的，我索性换一种思维来对待它们：房子不能住了，不妨当仓库存放货物；杯子不能喝水了，不妨当花盆种上花草……非常感谢老兄赐给了我一个尽阅天下美文的机会！”

竞争对手听了，竟伏在桌子上呜呜大哭起来。因为经营不善，他的柳编厂即将破产，他正在寻找出路。也不知他听明白了老海的话没有。

闪评：人生没有绝对的利与不利。对那些闯入你个人世界里的不利条件，不要一味地敌视和抵触，要学会灵活接纳和利用，说不定会开辟一片新天地。

黄瓜的哲学

王科长独自一人到深山里去揽胜。日高天热，口渴难耐之际，眼前忽然出现了一片菜园。矮矮的篱笆墙内，几架黄瓜高高地矗立着，生机盎然、清脆欲滴。

瞅瞅四周无人，王科长顾不得许多，翻身进入菜园，摘了两根黄瓜溜了出来。菜园旁边正好有座清澈见底的水池，王科长把黄瓜放在水池内洗了一下，快速捋去扎人的瓜刺，大嚼特嚼起来。

刚吃完一根黄瓜，王科长听见身后有脚步声传来，转身一看，一位老农正向菜园走来。看架势，老农好像是菜园的主人。王科长慌忙把剩下的那根黄瓜扔到草丛里，掬起一把水，灌到嘴里，狠劲地漱了漱口。

那老农果然是菜园的主人。他到菜园里转了一圈，在那几架黄瓜面前停留了片刻，径直向王科长走来。

这老农衣衫随意、神态随和，看起来像位老顽童。他停在王科长面前，也不客套，笑嘻嘻地问："我的黄瓜少了两根，是不是你摘去吃了？"王科长自然不肯承认："老人家空口说瞎话！您凭什么认定是我把您的黄瓜摘来吃了？"老农一指王科长的嘴唇说："证据就在你嘴里，你要是吃了我的黄瓜，嘴里肯定有渣子！”

王科长笑了，俯身又掬起一把水，灌到嘴里，狠劲地漱了漱口，吐到了眼前的石板上：“老人家，您看我是否吃过您的黄瓜？”老农认真看了看石板上面，哪有什么渣子，不禁困惑起来。王科长得意地哼着小曲，转身要走。

“别走！”老农突然喊住了他。原来，老农对自己刚才的误解感到过意不去，想补偿一下，邀请王科长到他家里做客。王科长乐得清闲，还有人管饭，踏着山路跟老农去了。

老农用山柴炖了一锅土鸡，用苦菜煮了一锅渣豆腐，还端上了自酿的野果子酒。王科长早就垂涎欲滴，放开肚皮，大吃大喝起来。

吃饱喝足，老农仍不罢休，缠住王科长，与他拉起了山野趣闻。渐渐地，王科长有了便意，急忙摆脱老农，躲到附近一处茅草丛内，蹲下身子方便起来。

不多时，王科长浑身轻松，提着裤子站了起来，却听到身后传来“哧哧”的笑声。回头一看，老农正捏着鼻子，狡黠地站在他身后。

王科长尴尬极了，这老农莫非有偷窥癖？

良久，老农才止住笑声，指着王科长胯下堆在地上的那堆秽物说：“我的黄瓜少了两根，是不是你摘去吃了？”

王科长低头望去，地上的那堆秽物，依稀露出了未消化掉的黄瓜籽粒。哎呀，这下，事实摆在眼前，无论如何也赖不掉了！

王科长正等着老农责备，却听老农说：“我不在乎那两根黄瓜，更不在乎招待你这一通。我只是让你明白一个事理：老狐狸终归斗不过老猎手，贪到肚里的，总会有办法让它显露出来。”

这老农还蛮像一位哲人哩！王科长呆呆地站在那里，忘记了系裤带。

闪评：大贪贪于市，小贪贪于野。不论大贪小贪，只要有贪在心，再大的侥幸也清除不掉贪婪留下的形迹。

杨记香肠

临沂城的杨记香肠，传世已有百余年，因为配料独特，吃起来肥而不腻，满口留香，很受百姓喜欢。

这年春节前，南关的陈三从猪肉铺割了一大块后腿肉，拎到杨记香肠店来加工香肠。杨记香肠店的杨老板忙迎了上去，笑容可掬地问陈三，手中的肉有多少斤？这陈三，原是一名老实本分的泥瓦匠，最近傍上了南关的一名痞子头，成了一个小痞子。做了小痞子后的陈三，歪歪心眼也多了。来杨记香肠店之前，他早就摸清了杨记香肠店做事的一条规律：他们给顾客加工香肠时，每次都是由顾客自己报出斤两，而且从不去验证顾客所报斤两是否准确。刚才，他在猪肉铺割那些后腿肉的时候，自己盯着秤杆看准了，足足有十五斤重。这次，当着杨老板的面，陈三想都没想，张口说道："这猪肉，不多不少，整十斤！"杨记香肠的加工费，是每斤三元。这样，陈三少报了五斤的数量，可偷偷省下十五元钱。

杨老板听了，并无异议，仍旧一副笑容可掬的模样，喊来了同样笑盈盈的老板娘。老板娘麻利地挽起袖口，把后腿肉摆在案板上，开始切条、切块。后腿肉切好后，再放到盆里，加入杨记香肠店特制的配料，搅拌均匀。这时，杨老板搬出灌肠机，老板娘撑开肠衣，牢牢地套在灌肠机的出口上。接下来，杨老板把搅拌均匀的肉料倒入灌肠机的漏斗内，开始来回摇动把手，肉料通过漏斗进入肠衣。老板娘恰到好处地配合着，每灌一段香肠，就用凝脂般的手掌向下抹一下，使肠衣中的肉料看起来特别均匀，感觉非常舒服。

灌完肉料的同时，也灌满了肠衣，老板娘把肠衣的两端系紧，每隔一拃多长，再绕一个小结，杨记香肠就做成了！陈三毕竟心里有鬼，怕自己瞒报斤两的事儿被老板和老板娘看穿，好不容易盼到香肠做完，忙掏出三十元钱结账。回到家里，陈三把香肠挂在向阳且通风的地方，晾晒起来。一连几天，整个院子里飘满了诱人的香肠气味。

十多天后，香肠晾好了。陈三让老婆切下几节，用清水洗去外面的浮尘，再放在锅内蒸熟，切成薄片，一一装入盘内。这陈三，早开了瓶兰陵美酒，拿起筷子，夹一片香肠，迫不及待地送入口中。只听“呸”的一声，陈三把口中的香肠吐出来，破口大骂道：“他妈的，这是什么香肠？一点盐味都没有，淡得没法吃！”

陈三愤愤不平地找到了杨记香肠店。杨记香肠店的杨老板笑嘻嘻地答复说：“十五斤的后腿肉，你偏说成十斤，我们按这个斤两给你配料，做成的香肠怎么能不淡呢？”陈三想不到杨老板说话这么直接，一下窘住了，吭哧半晌，才憋出一句话：“你早知道我瞒报了斤两啊，当时怎么不点破？”

杨老板反而郑重起来，一板一眼地说道：“我们杨记香肠，之所以能够传世百余年，靠的就是自律。不过，我说的这个自律，不单指我们杨记香肠店对工艺和配料的严格自律，还包括顾客对自己的自律。如果双方都是诚实处世、清白做事的人，都规规矩矩地保持了自律，做出来的香肠才是货真价实的杨记香肠！”

陈三低头不语。杨老板复又若有所指地说道：“做坏事的时候，我们自认为能够把所有的漏洞遮掩得天衣无缝，却想不到暗处总有一些眼睛盯着我们，让我们无处躲藏。更可怕的是，一些无法预料的报应躲在身后，说不定什么时候就会跳出来，把你打痛，甚至打趴下。”

从杨记香肠店出来，陈三非常羞愧。自从做了小痞子后，他还想成为更大的痞子，所以不遗余力地表现自己，做了不少坏事。现在回想一下，对自己的所作所为真是感到后怕！回到家后，他硬是把那盘没有盐味的香肠全部吞进了肚里。

打那以后，陈三浪子回头，重拾泥瓦匠的手艺。后来，他凭借做泥瓦匠的积蓄，零零散散地承包了一些不起眼的小工程。再后来，他逐渐有了自己的施工队伍，成立了自己的建筑公司，发展成为当地颇有实力的建筑企业。

陈三说，是那盘没有盐味的香肠，让他品出了人生的滋味。

闪评：规矩，既是自律，又是诚信。破坏规矩，可获一时之利。遵守规矩，可得长远之利。不懂自律，不讲诚信，即为损规捣矩。

穿越千年

这是一片大约千年之前的古迹。考古人员小心翼翼地清除掉了外面的泥土。

一排绵延数百米的超高型排污管道呈现在眼前。在其中一节管道的外壁，考古学家老王意外地发现了一些医学文字——

段落一：黄石，男，65岁，传统中医世家。全国著名中医学家、世界中医药协会客座教授、国际肝病联合治疗中心创始人。擅长对肝病的治疗，在国内外享有较高的声誉。

段落二：蜈蚣化瘤丹，乃黄教授历时30余年，在蜈蚣体内提取的一种特殊成分，加上60余种纯天然的名贵中药精心研制而成的含化药物，用于肝癌、食道癌、胃癌、肠癌、胰腺癌等各种癌症的治疗。

段落三：朱某某，男，34岁，肝癌患者。服用黄教授的蜈蚣化瘤丹后，1个疗程快速阻断瘤体的扩散转移，2至4个疗程瘤体即钙化，5至6个疗程瘤体明显缩小，7至8个疗程后瘤体即消失。病人痊愈后，年愈40而未复发。现为著名民营企业家，在山东济南经营一家大型丝织厂。

看了这些文字，老王又惊又喜。当时，老王已被确诊为肝癌。医学专家断言，老王在世的时间不会超过 3 年。是年，酷爱考古事业的老王才 51 虚岁，还有许多心愿未竟，不甘心这么早离世，苦求治肝良方而不得。时至今日，运势突转，老王不由暗暗感叹：原来千年前的古人完全能够治好肝癌等诸多癌症啊，这真是医学界的奇迹啊，看来自己病愈有望了！

排污管道上的这些医学文字，在当地引起了轰动。众人公推老王回到千年前治疗癌症，捎带着开展医学和广告学考古。

几日后，在巍峨、静僻的蒙山穿越基地，老王借助神奇的穿越术，向千年前穿越而去。

耳边嗖嗖的风声遽然消失，取而代之的是一片噪音。老王睁开眼睛一看，自己已经来到了一个陌生的地方。眼前是一片工地，排满了一节一节、直径近乎两米，静静等待埋设的排污管道。

老王向前走了两步，碰见了一位黑红脸庞的青年。青年怪异地打量着老王："你是从哪里来的？"老王下意识地回答："我是刚刚从千年之后穿越到这里来的！"青年呵呵笑了："穿越你个头啊！俺就是一穿越作家，白天在工地上打小工，晚上钻进网吧里，在线写穿越。就这活儿，纯粹瞎蒙人！你以为真能穿越啊？你是如来佛啊还是孙悟空？"

老王无语。又向前走了两步，眼前闪过一汉子。只听"啪"的一声，汉子一甩手，以闪电般的速度在排污管道上贴下了什么东西。老王凑近一瞧，是一则小广告，上面写的是：

"黄石，男，65 岁，传统中医世家。全国著名中医学家、世界中医药协会客座教授、国际肝病联合治疗中心创始人。擅长对肝病的治疗，在国内外享有较高的声誉……"

小广告上面说的这人，不正是自己要找的黄石黄教授吗？老王紧走几步，追上前面的汉子。汉子警惕地打量着老王。老王赔着笑说："请问您认识黄石黄教授吗？"

汉子摇了摇头。

老王失望地说："哦，不认识啊。我求医心切，打扰您了，请原谅。"

汉子盯着老王问："得的是什么病？"

老王凄然一笑说："肝癌。医生说我活不过三年了。"

汉子不由得笑了："嗯，这样啊，您跟我走吧。"

老王不解："跟您走？"

汉子笑得更灿烂了："我是黄教授的儿子黄丹！"

……

三个多月后，老王从黄教授的国际肝病联合治疗中心返回了穿越基地。

老王回家后，旋即离世。世人得其遗言，仅七字："嗟乎！小广告而已！"

闪评：生存的技巧各异。有些人靠忽悠，也能"成功"。只因那些难以实现的，正是我们想要得到的。忽悠者只是满足了我们的幻想而已。我们无法改变这类人的本性，要怨就怨自己的幼稚，怨心智被蒙蔽。

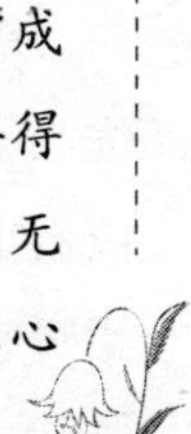

寻虎

听说有人在辛子山林场看到了老虎！老桑和小桑兴奋异常，带着家伙，偷偷钻进了林场。

这爷俩，老的是一名摄影师，少的是一名少年画家。他们到林场来，无非是想拍下和画下老虎威猛的形象。两人风餐露宿，在林场里一连跋涉了十多天，却连老虎的毛也没见着。小桑就有点泄气，怀疑林场里有虎是假消息。老桑打气说，再坚持一下，找不到老虎也没啥，经历也是一种财富。

在继续寻找老虎的过程中，老桑和小桑发现了一处很小的废弃的院落。院落内仅有两间房屋，看样子这里曾经住过护林人。这时，老桑发现由于贪恋林场内的美景，拍照过多，自己所带的数码相机快没电了。老桑就让小桑暂时在此处落脚，待自己返回镇上，把相机充满电后再来和小桑会合。

老桑走后，小桑觉得无聊，就带着画夹出了院落。沿途画了些风景，小桑有点累。正好附近有块两米多高的巨石，巨石的顶部是平的，小桑爬上去，懒洋洋地躺在上面。柔柔暖暖的山风吹着，小桑睡着了，梦见自己遇见一只大老虎，老虎蹲在地上，完全没了脾气，任他画了个够。

直到耳边传来一声低吼，小桑才被惊醒了。呀，老虎真的现身了！小桑看到巨石下面徘徊着一只老虎。这只老虎的皮毛黑黄相间，背部却长了一块铜钱大小的黑斑，两只眼睛炯炯有神地盯着自己。小桑吓了一跳，老虎会不会跳上巨石来把自己给吃了？可没多会儿，小桑就发现自己的担心是多余的，老虎靠近巨石，试着向上跳了几次，根本无法跳上巨石。小桑舒了口气，摊开画夹，美美地画了起来。

没多久，一幅栩栩如生的画作完成了。那只老虎还在努力做着跳跃的动作。小桑感到非常滑稽，就举起手中的画夹，向老虎展示着自己的画作。说也奇怪，那只老虎居然停止跳跃，安静下来。它瞪大眼睛，盯着画作看了好一会儿，转过身去，一摇三摆地离开了这里。

确认老虎已经离开后，小桑赶紧跳下巨石，返回了院落。

当天晚上，老桑没有回来。

第二天早上，老桑还没有回来。

小桑把昨天的虎画挂在院内，找个木凳坐了，细细欣赏起来。

密林深处隐隐传来几声枪响。小桑感到莫名的心惊。他想出去看个究竟，门外却来了一大一小两只老虎，隔着栅栏门的缝隙，向院内窥视着，烦躁地吼叫着，迟迟不肯离去。

这时，老桑从后面翻墙进来了。小桑急忙说，你可回来了，看这两只老虎……

老桑“嗯”了一声，说自己在回来的路上碰到一伙偷猎者持枪围攻一只老虎，他无法阻止偷猎者射杀老虎，只好偷偷拍下老虎被猎杀的场面，接着返回镇上报了警，现在那伙人已经被警察抓起来了，被猎杀的那只老虎是一只公老虎。小桑也讲了自己画虎的经过。老桑听得半信半疑。小桑从老桑手中接过数码相机，找出了偷猎者猎杀公老虎的画面。呀，小桑惊叫起来，这只被猎杀的公老虎背部也长了一块铜钱大小的黑斑，这不正是自己昨天遇见的那只老虎吗？

老桑对小桑说，院子外面这两只老虎，小的是虎崽，大的肯定是母老虎，被偷猎者射杀的那只公老虎，也就是你昨天遇见的那只老虎，和它们肯定是一家人。你这虎画画得也太逼真了，母老虎和虎崽以为咱把公老虎囚到院子里来了。难怪它们会找上门来呢！

小桑对着偷猎者猎杀公老虎的画面，久久地凝视着。里面的惨烈和血腥深深震动了他。小桑拿起画笔，一幅悲壮的偷猎图很快完成了。老桑看了偷猎图，连连称赞，说这画太传神了。他对小桑说，把这幅偷猎图也挂起来吧，这样院子外面这两只老虎就能明白些，也许它们会离开这里，去寻找死去的公老虎，我们的危险也就解除了。

小桑果断地说，不，这样对它们太残忍了！

小桑把先前那张虎画从墙上取下来，携画翻过了后墙。老桑不知道小桑要干什么，也赶紧翻上了墙头。

骑在墙头上的老桑，看到小桑已跑上了附近一座小山坡。在一处低矮的花丛后面，小桑的身影消失了。没多会儿，那幅虎画从花丛下冒了出来，远远地望去，并不像是一幅画，而是昨天那只活生生的公老虎。紧接着，花丛里传来低沉的虎吼。院门前的两只老虎，目光被吸引过去。它们转过身来，向山坡跑去。那只公老虎在花丛后面慢慢移动着，忽然，它加快了速度，迅速消失在旁边的灌木丛里。

老桑看得呆了！

赶回院落的小桑扶老桑下了墙。小桑对老桑说，公老虎没死哩，公老虎活着母老虎和小虎崽的希望就活着……

说话间，远处又传来低沉的虎吼！老桑和小桑的眼窝一齐湿润了！

闪评：有些消失了的事物，我们总是希望它们尚在人世。可它们真的是永远逝去了。事情总是这样，对同一种事物的判断，我们认为它们活着才是珍贵的，而有些人认为它们死了才有价值。

保安和小鸟

它已经死了。

是的，它已经死了。

当我从雪地里捡起这只小鸟的时候，它的确已经死了，枯硬的羽毛和冰冷的身体贪婪地吞噬着我掌心的热量，使我越发觉得天寒地冻。

我很忙。我是到这里来办事的。但我动了恻隐之心，我要找个地方把这只小鸟掩埋了。

这是一座刚落成不久的办公大院。我扒开几处积雪，发现雪下都是水泥地面。我摇了摇头，把目光投向院子中央那片被圈起来的空地。它已被开垦过多次，虽非处女之地，但仿佛初恋情人，在我眼里仍是芳香的、闪亮的。也许，这就是土地的魅力所在。

我用掌心托着小鸟，来到了保安室。保安也斜了我一眼，没说话，身子也没怎么动。

我赔着笑脸问，我可以把小鸟埋在外面那片空地里吗？

保安说，不行，那里是草坪，明年开春还要在那里种草籽哩。

我说，好兄弟，通融一下嘛。

保安倒也痛快，那好吧，看你心善，俺同意。但是，但是你得给俺 100 元钱！

我“啊”了一声，100 元？

保安咧咧嘴说，100 元，100 元算个啥？一根鸟毛还能拔疼了你？俺不是为难你。你这鸟人，真不识好歹，人死了买处墓地，少说也得花个万儿八千的不是？再说，像俺们单位这样好的空地，到哪里去找？

我犹豫了一下。目光穿越窗玻璃，投到大街上。熙熙攘攘的人流，脚踩的尽是坚硬的水泥地面和各式各样的板砖，还真找不到一处可供小鸟葬身的地方。

保安缓了缓口气，接着说，你给俺 100 元，俺允许你把小鸟埋深一点，保证翻地种草籽时不会把小鸟翻出来。还有啊，你可能不知道，俺们领导喜欢创意。俺吧，好比土里的一块金子，等领导挖掘等了很久了。俺是这样想的，明年种草籽时，俺会顺便在小鸟墓穴的上方立上一块木牌，木牌上不写别的，单写上这样一句话：“小鸟飞向了天堂，但它永远亲吻着大地。”这是一件新鲜事啊，到时候，电视台和报社那些鸟记者，肯定会来采访俺们领导，说不定你我也会成为被采访的对象。从此不再寂寞，多好的事！

我不想被采访，不贪图热闹，只想好好把小鸟埋了。趁着保安说话换气的当儿，我试探着恳求，兄弟，给打个对折，50 元吧。保安说，好吧，50 就 50。

保安从我手里接过钱，提起身边的铁锹，到外面那片空地里挖了一个深坑。他干得很卖力，很认真，特意把深坑底部整平了，把小鸟装在一个纸盒里，再放到深坑底部，虚实相宜地回填了一些碎土。最后，还在原地插了根草棒，留了个记号，挺像回事！

埋完小鸟，保安出了一身细汗。回到保安室，他倒了一大杯水，一仰脖，“咕咚咕咚”干了。他喘着粗气说，木牌的事，你放心，明年开春，在那个记号位置，俺准给弄好！

嗯，我应了一声。

保安又开始倒水，仰脖，咕咚、咕咚……

我想，我该走了。

刚出保安室，我听到身后传来一阵异响。回头一看，保安不见了。一只小鸟从里面飞出来，扑棱着翅膀飞向天空，转瞬消失得无影无踪。

望着空空如也的天空，我叹了口气，保安怎么没想到，自己也是一个鸟人呢？

闪评：鸟即是人，人即是鸟。人鸟本是一体的，有着共同的命运。现实却把人鸟分开，分别对待，于是就有了共同的悲剧。

慢一些退化

这条两公里多长的商业街，地处小城中心，兀自吞吐着忙碌的行人和车辆，有着让人艳羡的繁华和富庶。

遇见那人时，我正迎着暖暖的春阳，在大街上巡逻。熙熙攘攘的人群中，忽然传来几声“抓小偷”的呼喊，引起一阵纷乱。

我看见貌似小偷的那人，用力挤出人群，沿着大街向东飞奔而去。我本能地大喊一声，奋勇追了上去。

大街上的人流自觉向两边分开，为我和那人闪开了一条通道。那人回望了一眼，跑得更快了。

抓小偷是我的强项，不知有多少家伙栽在我手里了。这次，那人也不会例外！我信心十足，脚下越发呼呼生风，和那人的距离逐渐拉近。

离那人约有一步远时，我伸出手臂，扯住了那人的衣后角。那人趔趄了一下身子，猛地挣脱开来，顺势拐进了旁边的胡同。我乐了，因为我知道，那是一条死胡同，那人进入这里，无疑是自断退路。

我正想象着那人逃到胡同尽头、发现无路可逃时的绝望情景，那人却不慌不忙地停下脚步，转身向我走来。我琢磨不透那人要耍什么花招。转眼他已来到我跟前，拉起我的手，用力握着，一个劲儿地说："保安同志，您辛苦了，您辛苦了！"

呵，这不是耗子跟猫套近乎吗？我一反手，扭住那人的胳膊，厉声呵斥道："少来这一套！说，都偷了些什么？"

那人疼得呲牙咧嘴："保安同志，您误会了，我不是小偷，我是好人，我没有偷东西。哎哟，疼死我了！您先放开手，再听我说好吗？"

我手下一松，那人将胳膊抽了回去，异常恳切地说："我真的不是小偷！"

我冷笑着说："你就装吧！"

那人说："我真的不是小偷！先前的'抓小偷'，就是我喊的！不信，我喊给你听？"

不等我点头，那人高声喊了起来："抓小偷！抓小偷……"喊完，又迫不及待地向我追问道："听出来了吗？"

那人的喊声很浑厚，透着一股冲天的气势。

我回味了一下，没错，就是先前在人群中喊"抓小偷"的那个嗓音！我不由得点了点头。

那人颇有一种解放了的感觉："怎么样？我说我不是小偷吧？"

我说："那不一定，贼喊捉贼也难说。你有什么更好的证据，可以证明你不是小偷？"

那人说："有，我有更好的证据。你看，我身上一点儿赃物也没有，而且，我还有不做小偷的动机。"

我感到了一丝滑稽："啥？不做小偷的动机？"

那人表情郑重："说来你也许不信，我这人有一个脾性，看见小偷作案，不敢上前制止，怕遭小偷报复，怕挨小偷刀子捅，但做人总不能把良知都丧尽吧，如果让我完全视而不见、放手不管，那样我会很痛苦。我想，既然大家对小偷作案不能群起而攻之，那我索性折中，把抓小偷的行为退化了一下，看到小偷作案时喊上那么一两声，提醒大家及时做好防备，然后撒腿就跑，远离那个是非之地。像这样只喊不抓、喊完就跑，个人风险降低了不少，小偷能奈我何？"

这番见解很独特，我不禁细细打量起那人来。那人反倒不好意思了："瞧您，这有什么可奇怪的呢？比起在小偷面前无动于衷的那些人，我只不过是退化得稍微慢了一些而已。"

听了这话，我更加不知说什么好。

那人却又解嘲似的说："瞧，退化得慢一些也有麻烦不是？比如你们这些保安吧，就不理解我，老把我当小偷抓！"

我歉意地笑了笑。

那人望着远方，幽幽地叙述道："因为这样的性格和行为，大家把我视为另类，都不接纳我，使我不能在一个地方长久地待下去。好在这些年，从一个城市到另一个城市，我已习惯了不断地漂泊。"

说话间，那人离我，仿佛已有几十米、几百米乃至更远的距离。我不知道自己还能不能追得上他，今后还能不能再见到他？

我甚至怀疑，他是不是一个幻影？

或者说，他根本就没有来过这里。

闪评：人类需要的是进化，而不是退化。但退化仍在不可避免地发生着。当退化退到极点的时候，我们盼着它能够掉过头来，重新进化，恢复原状。

禅师和顽童

郊区田野里，有一片西葫芦地。

放眼望去，地面之上，先是一大片深青色的藤蔓和叶片，质朴、厚重。一条条、一片片的，满地里爬着、立着，各占各的空间。再向上，便是黄灿灿、娇嫩嫩、大大小小的筒形花冠，满目的黄色，夺目、耀眼。还有一大群天生勤劳的蜜蜂，一刻也不停歇地忙碌着。

在这热闹之中，从城里来的一个顽童，站到田埂下，手抓脚蹬，意欲攀上田埂，进入西葫芦地内。谁知田埂太高了，顽童对此估计不足，加之没有抓牢，眼看就要从田埂上跌落下来。一位禅师路过此地，快步向前，拦腰扶住了顽童。顽童虽受了这一惊吓，但没有忘记自己的目标，仍欲攀上田埂。可禅师扶着顽童的手，并没有松开。

禅师对顽童说："我可以把你抱到地上吗？"

顽童扭头望着禅师说："不可以，我要到西葫芦地里去！"

禅师说："我能猜出你到西葫芦地里去干什么。我的意思是，西葫芦地里的东西都很可爱，我不想你到那里去干打扰它们。你瞧，它们活得多么安静，多么自然！"

顽童说："我凭什么要听你的？我要到西葫芦地里去！"

禅师说："我还是不想让你去打扰它们！"

顽童说："你不想让我到西葫芦地里去，干脆把我抱下来好了！"

禅师说："你内心的想法没有改变，我不会强行把你抱下来的！"

顽童说："瞧你婆婆妈妈的样子，我看了烦心！你不如好事做到底，助我一臂之力，把我托到西葫芦地里去！"

禅师被顽童逗乐了："那好，我听你的！"

禅师双手往上一托，顽童顺势翻过田埂，站到了西葫芦地里。

顽童回头，扮了个鬼脸，吐了吐舌头，对禅师说："你可以走了。"

禅师不语。

禅师兀自翻过田埂，也站到了西葫芦地里。

顽童不解："你怎么还不走？"

禅师说："我听了你一次话，你也要听我一次话。"

顽童说："行！你说，要我怎么听你的？"

禅师说："你这次到西葫芦地里来，是不是打算满地里乱转一气？"

顽童说："是。"

禅师说："你是不是还想掐掉很多的西葫芦花？"

顽童说："这你也知道？"

禅师说："嗯。你要答应我，在西葫芦地里不要乱转，只在一个位置停留，而且只能掐掉一朵西葫芦花！”

顽童挠了挠头，说：“好吧。我听你的！”

西葫芦地里，看似凌乱而又有序的藤蔓，看似卷曲而又向上的茎须，看似匆忙而又自在的蜜蜂，被看似毒辣而又多情的太阳照射着，镀上了一层金光，更加勃发出旺盛的生机，充满热烈、绵长的希望。顽童依依不舍地扫视一圈，眼光落在一朵硕大的西葫芦花上。

这朵西葫芦花，藤蔓特别粗壮，比大人的大拇指还要粗上一圈。因为这个优势的缘故，养分供应更加充足，花朵的体形之人也就远远超出了其余藤蔓上的花朵。

顽童盯紧了这朵西葫芦花，目光一动不动。

禅师也不多话，静静地待在一边，观察着顽童细微的表情。

不一会儿，一只蜜蜂向着这朵西葫芦花飞过来。它的飞翔，是那么生动，那么有激情。顽童和禅师看着这只蜜蜂，眼睛一眨也不眨，他们甚至感受到了蜜蜂翅膀轻微的颤动。蜜蜂先是停在筒形花冠入口的边沿，收拢了翅膀，快速移动几只细脚，爬行了几步。接着，又“呼”的飞起，整个身子落到了筒形花冠里面。

顽童屏息静气，靠了过去，小心翼翼地探头，向长长的筒形花冠内望去。那只蜜蜂正停在筒形花冠底部娇嫩的花蕊上，忙着采撷嫩黄的花粉。顽童伸出一只手去，以极快的速度攥住筒形花冠的顶部，牢牢地捏紧，封住了出口。那只蜜蜂发觉不妙时，已经跑不出筒形花冠了。透过筒形花冠凉凉的外壁，顽童听到了蜜蜂“嗡嗡”乱叫的声音，感到了蜜蜂身体对筒形花冠急急的撞击。顽童赶紧又伸出了另一只手，意欲掐断筒形花冠的花梗，把筒形花冠连同其中的蜜蜂带回家去把玩。

这时，禅师喊道：“且慢！”

顽童住了手，问禅师：“你又要打什么鬼主意？”

禅师神秘地说：“你别掐花梗，再把蜜蜂放了，你会有意外收获！”

在禅师深邃目光的注视和感化下，顽童感到了一股神秘的力量。他慢慢地放开手，那只蜜蜂逃出筒形花冠，一溜烟飞走了。

顽童问禅师：“我还没有看到你说的意外收获！现在，你能告诉我它在哪里吗？”

禅师回答说：“难道你没有发现，刚才你放弃了伤害两条生命，一条是那只蜜蜂，另一条是那个筒形花冠？这就是你的意外收获！”

顽童低头想了想，说：“嗯，还真是这么回事！”

接下来，是短暂的沉默。

顽童忽然想到一个问题，于是问禅师：“你是谁？”

禅师说：“我是我！”

禅师反问顽童：“你是谁？”

顽童说：“我是我！”

禅师说：“可是，现在我从你手里救了两条命，我不再是原先的我了！”

顽童说："那我也不是原先的我了！"

禅师笑了。

顽童也笑了。

他们的笑容，那么灿烂，那么真诚，散发着美丽、高傲的筒形花冠般的光华。

只要心存仁爱、追求进步，人生的每一刻都是崭新的、绚丽的。生活的情趣、生命的意义，也会在这一刻得到充分的阐释。

闪评：敬惜生命，敬惜人生，哪怕每天进步一点点，你就不是原先的你了，而是一个崭新的自我。

快乐的真谛

有一个少年师从一位有名的厨师学习厨艺。

这位厨师对厨艺持非常热爱的态度。他经常说的一句话是："我平生最大的乐趣，就是烹饪出一道味道最鲜美的珍馐佳肴。"他还经常教导少年说："厨艺，也是一门艺术。艺术是无止境的。所以，我们做厨师的，要永不满足，努力从一点一滴做起，不断地改进自己的手艺，一步一步向大师的境界攀登。"

在告别厨师自立门户的那天，厨师让少年给他做一道鸡蛋羹。

这几年的厨艺自然不是白学的。很快，少年将一碗鸡蛋羹端了上来。碗中，几个鸡蛋早已化作了花瓣大小、薄如白纸的蛋片，果然是一碗十分精致的好汤！

厨师扫了一眼，摇摇头，亲自站在了灶台前。几分钟后，另一碗鸡蛋羹端了上来。再看这碗中，蛋片如天女散花般，均匀地、缤纷地漂浮着，鲜美的气息袅袅地向着鼻孔逼来。

厨师对少年说："将鸡蛋磕破是需要一个速度的，速度越快，蛋清与蛋黄越不容易粘上鸡蛋外壳的气味，鸡蛋羹也越鲜美！我这碗鸡蛋羹的味道之所以要好过你那碗，道理全在这里。其实，你的悟性是很高的，只要假以时日，我想你会比我做得更加出色。”

三十余年后，师徒重逢之时，少年已经五十多岁了，厨师也已入花甲之年。少年微笑着说：“恭喜您老人家，厨艺已日臻化境了！”厨师呵呵一笑说：“可是，你的厨艺还停留在原来的层次啊！”

少年未做解释，反而问道：“师傅，这些年你过得快乐吗？”厨师不解少年为何有此一问，但还是回答：“快乐啊，钻研厨艺是快乐无穷的呀！”少年说：“虽然我的厨艺未有精进，但这些年我也和您一样是快乐的！”

少年接着问道：“如果让师傅放弃钻研厨艺的目标，会如何？”厨师答：“十二分的痛苦！”少年说：“那就对了！各人有各人的本性，各人有各人的快乐。徒儿我生性散淡，能养家就可以了。师傅如果硬要我追随您的厨艺境界，对我也将是十二分的痛苦。”

厨师沉默了半晌说：“十个人眼里，会有十种快乐。正好像十个手指，何须一样长短。没想到到了花甲之年，才明白这样一个浅显的道理！”

闪评：以己之美度人之美，以己之乐度人之乐，常有偏颇之处。那些我们认为很美、很乐的事情，别人未必也这么认为。

大鱼和小鱼

我上网查询“多大的鱼才能产籽”，意外闯进了一个网帖，钓友们在讨论 ：“多大的鱼才算是小鱼？”

“鲫鱼 1 两，鲤鱼 1 斤，草鱼 2 斤。鳑皮半两就不小，1 两很大了。”

“鲫鱼 12 厘米以下，鲤鱼、草鱼 25 厘米以下。”

“我们这的河里，大鱼小鱼都不多，钓到上两的鱼就不算小了。”

“鲤鱼 1 斤以下，我叫它拐子鲤，鲫鱼二指以下叫瓜子鲫，罗非三指以下叫小菲菲，这样就算是小鱼。”

“从生物学上来说，未达到性成熟的鱼，都是小鱼。”

“吃不上钩的算小鱼。”

“白条 1 两算大的，鲫鱼不足两算小的，鲤鱼 1 斤以上的是可以吃的，草鱼嘛最好是四五斤的，鲢鳙最好也是三四斤的才好吃。”

“那得看您的谦虚程度。谦虚的人，钓到再大的鱼也说是小鱼。夸张的人，钓到再小的鱼也说是大鱼。”

“1 两以下的，算小鱼，放生！”

……

上面这些说法，如三五老友，围炉而谈，有趣得很。这不禁使我想起了发生在沂河边上的一个故事：

那天，在沂河边上垂钓的这位钓鱼人，非常不顺。他一大早就来这里，垂下了鱼竿，一上午过去了，一条鱼也没有钓到。

后来，他好不容易钓到了一条小手指肚大小的小鱼。这时，却过来了一个小男孩，看了看这条小鱼，对他说："叔叔，这条小鱼好可怜哦！"

钓鱼人被这个内心纯净的小男孩感动了。他对小男孩说："那好，我把这条小鱼送给你，你把它放生吧。"

小男孩高兴极了，说了声"谢谢"，双手捧着小鱼，放到了沂河里。

小鱼摆了两下尾巴，一头扎进了沂河深处。小男孩望着平静的水面，拍着手说道："啊，好大的一条鱼啊！"

钓鱼人笑了，问小男孩："这明明是一条小鱼，你怎么说它是大鱼呢？"

小男孩调皮地说："谁说将来它不是一条大鱼呢？"

眼前这个小男孩，无疑是一个充满佛心的小男孩。

故事讲到这里，"多大的鱼才算是小鱼"这个问题，似乎不难回答了。

大非大，小非小。在有佛心的人眼里，多大的鱼都是小鱼，多小的鱼也能长成大鱼。

闪评：大小和强弱都是可以转换的。不恃大逞强，不以小为小，这世界就会充满正能量，就会更公平、更和谐一些。

附 录

刘克升微型小说印象：都市基层的代言者

薛兆平

“都市基层”这一概念不知是否已有人提出和运用，但我觉得，将刘克升看作都市基层的代言者，不失为妥帖至极。

阅读刘克升的作品，无论是微型小说、故事，还是散文、笔记，大多数是在关注都市里那些基层的人们，如小商小贩、保安、办公室小职员、民工、应聘者、初涉职场的青年人等等。这些形形色色的小人物形象，构成了刘克升艺术世界里都市基层人物脸谱系列，给我们描绘了一幅栩栩如生、有血有肉而又加以提炼和升华的都市基层的真实生活画卷，让我们不由自主地跟随着那些个小人物的命运纠结起伏，或悲或喜，不忍移目。

《是谁欠我煤球钱》，写人间大爱，大爱无声，总让我想起小时候为学费东奔西走的窘况。《纹身》，写小人物对命运戏剧性的反抗，让我想起自己小时候被人欺负时，总幻想着偶遇高僧传授秘籍，得一身武功，能飞檐走壁，自此谁人敢欺？《俺认得你》，写小商小贩在都市最底层命运的挣扎，他用狡黠的手段经营，可那些小聪明差点让自己丢命，读来可悲可叹。《开一窗阳光》，写都市基层人物之间的相互温暖，相互关照，读来觉得眼热，感动……

这些作品中的人物形象、情感悲喜，无不是对你、对我、对我们身边人真实而又深刻的描摹和再现。我喜欢阅读这些作品。因为我觉得，这些作品，是写我们的，也是写给我们的，它们折射着我们的命运轨迹，沾染着浓烈扑鼻的生活气息，蕴含着挥之不去的生存体验。

刘克升在文学创作上的坚持，一如他摸爬滚打生活在都市的坚持。这些年来，网上搜索他，总有新作发表，粗略一算，该有近百万字见诸报端了吧。他似乎无不涉猎，写城市笔记便是城市笔记，一写就写到接受《南方都市报》采访；写故事便是故事，一写就写到应邀参加《故事会》创作研讨班和故事作家笔会；写职场社科便是职场社科，一写就写到《白领伊索》系列被十余家报纸杂志专栏重磅推出；写感悟美文便是感悟美文，一写就写到跻身全国此类体裁代表作行列；写微型小说便是微型小说，一写就写到多篇作品入选年度权威选本……

刘克升的作品读得多了，我不禁掩卷思考，尤其对他的微型小说进行了梳理和揣摩，于是，我发现了一些艺术特点。

选材新颖。刘克升作品在选材上呈现出广泛、新颖的特点。他似乎对这个时代最前沿的东西、最热门的话题和陌生领域的事物情有独钟。《轮椅上的女友》，写轮椅设计者；《网上墓地》，写网络稀奇事件；《性病明星》，写明星代言；《最美的明星》，写演艺圈；《老海的邮箱》，写电子信箱；《QQ里的女友》，写QQ聊天；《盗版书》，写盗版；《纹身》，写社会上的痞子现象。另外，还有传销、新闻爆料人等等。这些前卫的、陌生的、热门的元素，无不成为刘克升眼中的"可炊之米"，一一拈来，为他所用。无疑，这使得他的作品具有了强烈的时代感。

语言幽默。《倒立的电影》《网上墓地》《再上两盆鸡》《蚊子掐架》等，无不充斥着幽默味道。冷不丁幽你一默，幽默的背后，却隐藏着强烈的讽刺，直指人性。幽默元素的运用，使得刘克升的作品有了很强的阅读性。

情节性强。刘克升的微型小说很明显地具有着故事性强、情节意识强的特点。这要得益于他的故事创作。故事创作的技巧和经验与微型小说创作的成功嫁接，使得他的微型小说有了很好的可读性，总能吸引着读者的眼球，读起来一波三折，很是抓人。《磨刀匠》《周密布防》《我知道你是干什么的》等就很好地验证了这一点，情节起伏，千回百转，偶有突变，打你个措手不及，给人震撼。

角度刁钻。微型小说因为篇幅短小，创作中，作家们总会在切入点上狠下一番功夫。角度选得好，作品就有了胜算。刘克升总爱打破常规，另辟蹊径，从我们意想不到的角度，给我们陌生体验，给我们阅读期待。《招聘失败者》《爱心向前看》《诚聘庸才》等，就是从超常规、逆向思维的角度切入而取得成功的。

立意深刻。立意，大概可以称作一篇微型小说的灵魂。刘克升无疑也在作品的立意上做了深入探索。哲理性是刘克升微型小说立意的一个重要方面。《从 1 数到 10》，写了人性中普遍存在的思维模式，很值得思考。《杨记香肠》的立意更具有哲理性，“如果双方都是诚实处世、清白做事的人，都规规矩矩地保持了自律，做出来的香肠才是货真价实的杨记香肠。”刘克升微型小说立意中的励志倾向也是值得关注的，《弱种子也要发芽》《最美的明星》《开一窗阳光》等作品，有种强烈的催人泪下、催人奋进的积极的力量，这是这个时代也是任何一个时代都迫切需要的。

诚然，刘克升的微型小说也存在着某些不足，但我相信，凭借着他对文学的热爱和坚韧不拔的劲头，他的微型小说会越写越好。目前，我觉得，至少要强化两个方面的意识。

一是继续关注都市基层的意识。每一个作家，都有他所熟悉并热衷于关注的对象，虽然我将刘克升的创作范围大致划为都市基层有些狭隘，但我的想法或者说愿望就是这样，我盼望他在这个领域有更大的作为。因为，刘克升从农村到城市，从青涩到稳健，个中艰辛他最有体验；那些在都市基层摸爬滚打的、艰辛奔波的底层人物，他最为熟悉，最为了解。这是一个取之不尽的素材库，好生揣摩之，严谨表达之，做好一个都市基层的代言者，我想他会有更大的收获。

二是增强文学的品质意识。故事性强的微型小说只是微型小说之一种。故事、城市笔记类作品的创作经历，对于创作这类微型小说来说，无疑是宝贵的经验，但是要想在微型小说这一文体上有更大的成就，就应该强化文学的叙述能力，将微型小说和故事区别开来。窃以为，文学性的追求，是微型小说创作最基本的要求，也是最终的要求。

我坚信，他能做得到！

薛兆平，山东省沂水县人，山东省作协会员。主要文学作品有长篇小说《乡村哑爱》、中短篇小说集《心灵的救赎》、小小说集《我是你的骄傲》《父亲的煤炉》等。另有《问题是成长的阶梯》《好婆媳相处的66个妙招》等社科畅销书多部。

本书经典语录

1. 人生像书法家写字，又像作家写文章，常常会有神来之笔。

2. 被情绪控制，不如主动去控制情绪。控制他人的情绪，不如先控制自己的情绪。

3. 心灵的觉醒，远胜于外在的繁文缛节。

4. 当单纯遇上世故，单纯往往成为世故的靶子。

5. 被人惦记，未必是幸福的。尤其是被人惦记上你的地位，你的财富。

6. 插一根孔雀的羽毛，叫装饰。插满孔雀的羽毛，叫伪装。

7. 我们苛求生活完美，不受一点儿的委屈，却一不小心就给别人的生活带来麻烦。

8. 你自诩白天，该黑的时候，就让别人黑你一下吧。这样才能读懂夜的黑。

9. 糊涂是糊涂者的通行证，聪明是聪明者的墓志铭。

10. 天生我材必有用，天生庸才也必有用。

11. 所谓的包袱，很多时候是我们自己主动背上的。

12. 指标不是万能的，但没有指标是万万不能的。

13. 阴谋诡计虽能重创天真无邪，但天真无邪有时候也能打败阴谋诡计。

14. 卖得出去，并不代表卖得合适。这就像嫁得出去，并不代表嫁得合适一样。

15. 成功的诀窍，往往是比别人多动一点脑子，多做一点努力。

16. 后天的爱心虽难以修复先天的缺陷，但至少能够滋润成长的信念。

17. 未被功利之心占据的心灵，一定会飞得更高，更远，更轻盈。

18. 任何的王，都抵不过心灵之王。

19. 最美是爱心；最真是天然。

20. 把帮助别人当作乐趣，当作享受，是一种独特的人格建设。

21. 成功者当中，并不乏当初不被看好的人。就像阳光照不大着的果子一样，最终也会成熟。

22. 比潜规则更可怕的，是大众群体对这一规则的认可、顺从，以及对受害者所受伤害的漠视和麻木。

23. 爱情有着和旅游一样的行为特质：习惯于舍近求远，到陌生的地方寻找风景。

24. 清正廉洁是官员最好的护身符。

25. 我们脑子里从不缺少幻想，也不缺少理想的行为标准，缺少的只是付诸行动的意识和彰显意志的行动。

26. 大贪贪于市，小贪贪于野。

27. 不懂自律，不讲诚信，即为损规捣矩。

28. 忽悠者只是暂时满足了我们的幻想而已。

29. 对同一种事物的判断，我们认为它们活着才是珍贵的，而有些人认为它们死了才有价值。

30. 敬惜生命，敬惜人生，哪怕每天进步一点点，你就不是原先的你了，而是一个崭新的自我。